Save Me
Vivi
月見斐夜
灰鼠

第一章　春與蜉蝣

「我情願在冰冷的洞穴裡咽氣，也不要死在一成不變滿是塵埃的房裡。」——《達摩流浪者》（*The Dharma Bums*），傑克・凱魯亞克（Jack Kerouac）

小灰的本名我早已記不清。

忘了是阿豪還是阿健阿志之類的，又或者他其實根本沒說過自己的名字。鄰居隨便叫他，他家人好像也隨便叫他，於是我就隨便聽。

小灰是我取的綽號，因爲他有一雙灰色的眼眸。

八年不見，我都快忘記那孩子的面貌了，只記得那雙幽深的灰色眼眸，沒有情緒，像空洞而乾枯的老井，彷彿要將我捲進去。

說回八年前的盛夏。

「隔壁住著欠債的一口子」是我對小灰最初的認識，那是我某天倒垃圾時，從六樓婦人那邊聽來的。她一臉嫌棄地說，晚上若有人來叫罵，一定就是他們又沒還錢。還說，我們是倒霉鬼才會住到那戶隔壁，夜晚不得安寧。

爸爸說，忍一忍，明年春天他就調職了，在那之前，我們家的經濟狀況只允許住這。

他給我找了附近的高中，又來，我眞討厭在不同學校間展轉。

老舊鐵皮屋和擁擠雜亂的隔間，樓梯扶手生鏽鬆脫，牆上是大片壁癌和花花綠綠的噴漆塗鴉，空氣裡的霉味揮之不去。

我沒問，但我想這裡肯定是違章建築，隔板薄，能聽見樓下白日宣淫的聲音。

當初房仲聽了爸爸的預算，一反常態地熱心介紹，我就知道有鬼。

「蘇千里！下樓幫爸爸搬櫃子！」

我們來來回回地搬行李，沒有電梯實在太折磨人，時値盛夏，我滿身大汗，吹來的風都是熱的，鐵皮屋像一座偌大的悶爐。我索性脫下白背心，光著上身在走廊蹓躂。

發現隔壁門開著一條縫，我看見漂亮的灰色眼睛眨呀眨，嚇得脫口而出，「操！」

本以爲見鬼了，後來發現是個小姑娘，我這樣光著身子似乎不妥當。

再仔細一看，才看清那是個男孩，個子很小，皮膚是病態的蒼白，眼瞳是灰的。

被我這麼一嚇，小男孩哐的一聲用力關上門。

這便是我第一次見到小灰。

小灰說過，他希望他的人生不是灰色的，而是草原的綠或蒼穹的藍。

「爲什麼？」我了點菸，毫不在意在孩子身旁。

「因爲我想去那樣的地方，有草原、有藍天白雲，每天看日升日落。在那裡，不用在意我是誰、不用記得從哪裡來、不用逃跑和害怕，只要和大地一起呼吸就好。」

我緩緩吐出一口菸。聽起來真不賴，「那以後哥哥帶你去吧，去天地間流浪。」

那時候小灰說了什麼來著？他好像是難得孩子氣地笑了，說：「哥，別丟下我，我哪都跟你去。」

但最後我卻弄丟他了，哪都沒能帶他去。

等我找到小灰已是八年後，我完美地長成糟糕的大人。事與願違，我沒能帶他去遼闊草原，只帶他去了賓館。

小灰是我在烏煙瘴氣的都市裡覓得的一片乾淨草原——純淨、翠綠、永遠美好。他唯一做錯的決定，就是接納了我這個滿身髒汙的旅人。

✦

欠錢不還、躲躲藏藏過日子的人就叫「老鼠」，不見天日的臭耗子。

討債集團在隔壁門口叫罵，說下一次逮到乾脆殺了省事。

「吵死人了，還讓不讓人睡？樓上張嬸說的話我總算信了，當初就不該看租金便宜同意住在這裡！」

「別抱怨了！頂多就住半年多，等我調職，飛黃騰達我們就搬走了。」爸爸說。

老媽還是碎嘴幾句，「別說半年，半個月我也住不下去。話說隔壁鄰居還眞會躲，怎麼能天天搞失蹤？

「所以才是『老鼠』啊，躲藏是本能。」

我換了門口的白熾燈泡，燈泡倏地一亮，房子終於不那麼昏暗，但是門板蟲蛀的蝕洞、牆角的蜘蛛絲反而更明顯。所以我覺得有時候還是不要拿燈去照亮比較好，例如隔壁家的事。

明明牆板薄得可以，但在討債集團沒來的日子裡，隔壁卻異常安靜。

我後來才知道，小灰當時已是十歲左右，這年紀正是和朋友吵鬧的時候，怎麼能這樣鴉雀無聲？我十歲時天天找麻吉來家裡打遊戲，鬼吼鬼叫、屁話一堆。

我甚至懷疑過那天看到的小男孩是鬼魂，他們一家其實早就死在屋內。越想越可怕……這租金價格，說是凶宅我也信。

鬼日子還在繼續。反正半年後就要搬走，我無心交際，早已厭倦一次次建立人際關係又抽離，能逃課就逃課，三流學校的老師多半也睜一隻眼閉一隻眼。

爸爸常被外派到各縣市分部做事，對此他毫無怨言，說年薪不就是看重經驗累積，最後他肯定會升遷到好職位。我猜那大概是他的白日夢，公司會派他到各縣市工作，也是柿子挑軟的捏。

苦的是媽媽和我，媽媽的個性被生活逼得尖酸刻薄，我倒是還能苦中作樂，「以後有人問我的專長是什麼，我就要說是搬家，絕對比任何人都有效率。」

以前我會對每次的分離耿耿於懷，總是把友情看得很重，還曾經淚眼汪汪地約定要做一輩子的死黨。現在倒是釋懷了，到頭來會聯絡的一隻手就數得出來。

我曾半開玩笑地對李胖說：「我這下是眞的朋友滿天下，像在集點，每個縣市都有那麼幾個舊識，記得清長相，但名字總對不上。」

我也談過幾次戀愛，和幾個可愛的男生女生交往過，幾乎是來者不拒。我喜歡他們，但沒太用心，抱著及時行樂的心態與他們交往，反正最終都會離開，沒特別惦記誰。這輩子大概就這樣過下去。

我以爲我再也不會惦記任何人。

那天我本來準備蹺課回家打電動，一上樓梯就看見灰溜溜的小身影蹲在門口。

「操！」

差點以爲又見鬼了。

他也被我嚇到，身子縮了一下。

他身上的衣服明顯太大，領口歪向一邊肩膀，臉灰得像是沒洗澡。我從樓梯走到家門口，他就直直盯著我看，視線沒移開半毫。

鑰匙插進大門鎖頭，開鎖，我終於不自在地問，「幹麼？」

他反倒像鬧彆扭般低下頭，不說話。小東西還挺有脾氣。

「你不進去家裡嗎？」

他看著我手上的鑰匙。

「沒帶鑰匙？」

他點了點頭。

「哦，你爸媽什麼時候回來？」

他沒說話，灰色眼睛眨呀眨。

我不想管他。又不關我的事，不想爲了他破壞美好下午的興致，我本該快樂打遊戲，或是看片擼一發，再點個外賣，可是、可是……別用那種無辜的眼神看我！

我邊讓他進門邊咒罵自己，「蘇千里，你他媽什麼時候這麼有愛心了？要開安親班是不是？」

男孩好奇地四處張望，我板起臉孔，故意裝作惡狠狠的大人，「別碰其他東西！你手髒！」

聞言，男孩乖乖地坐在地板上，蜷起十指不敢亂碰。

以他的年紀，小說能讀吧？我隨手抽一本冒險小說，「給你看，不准吵我。」說完我便戴上耳機打遊戲去了。

不知道過了多久，伸個懶腰，良心抽痛地回頭關心一下，男孩已經熟睡，小小的腦袋隨著打盹不斷下垂，手邊的小說連翻都沒翻。明明床就在旁邊，他卻聽話地沒碰，等下醒來脖子肯定痠死了。

他太瘦了，一身骨頭，輕得像羽毛，抱起來一點都不費力。我將他丟到床上，調整風扇的角度對準他。男孩似乎做了惡夢，囁嚅著說：「對不起，開門，我乖，不要把我丟掉……」

原來會說話。我揉了揉他皺在一起的眉心，亂回，「嗯，你乖，不丟你。」

我想起飯桌上我和媽媽聊起隔壁的事，旁敲側擊地打聽那男孩的消息。

媽媽提到上次有社工來問小男孩的蹤影，隔壁那戶直接以「小孩沒啦，去年春天就死了」帶過，要社工別再來了。好像是前陣子社會局有短暫介入過，後來就不了了之。爸爸更直接地說，他們存心要藏起男孩，養不起也不負責。

男孩是「黑戶」，一出生就沒登記戶口，沒有身分也無法就學，活成幽靈人口。小小年紀就被迫活在大人的惡意之下，好好的活人就這樣被說死，也不知道那男孩聽懂幾分。他像野草般被拉拔長大，沒學識，也不常開口說話。

街坊鄰居說，比起人，他更像動物，像老鼠。好幾次黑社會闖進他家，都沒人找得到男孩，像是骨子裡流竄的天性，能躲能藏。

別的小孩在公園裡溜滑梯時，他趴在沙地看向水溝蓋縫隙，視線追著下水道的老鼠跑，看那股惡臭流向哪裡。大人們不讓自家孩子和他玩，嫌他野蠻。

看著那本一頁都沒翻的小說，沒上學難怪字都看不懂，活成了小文盲。

男孩睡得很熟，像是太久沒有安穩的睡覺，從午後睡到月夜才悠悠轉醒。

我遞過一杯柳橙汁，「睡這麼熟，萬一被載去賣掉都不知道。」

男孩狼吞虎嚥，嗆了幾口，我邊拍拍他的背邊說：「噓！我沒和爸媽說我讓你進門，等他們都睡了你再出去，聽得懂吧？」

他乖乖地點頭，打了個嗝，空氣中漫著淡淡柳橙味，灰色的眼裡都是星星。

「喜歡喝柳橙汁？」

男孩點頭。

「我就大發慈悲再幫你倒一杯。啊！然後，」我抽出泛黃的攝影集，「這個都是圖片，大概能看懂。」

男孩小心翼翼地翻開，綠綠草原、蔚藍天空，看得入神。

深夜，在媽媽的巨大鼾聲中，我悄悄打開房門，輕手輕腳領著男孩走出，讓他坐在門口穿鞋，他的鞋子被我藏進鞋櫃裡。

我注意到他鞋帶鬆了，正低頭要幫他重新綁好，瞥見鞋底破得嚴重，下雨天肯定浸得全是水。鬼使神差地，我偷看他的鞋碼，跟同齡男孩比起來太小了。

「喂，你叫什麼名字？」

男孩看著我，正要開口，外面又是嘈雜的喊聲，有人狂敲門板，「臭婊子！不是說好今天能給利息嗎？什麼都行，立刻給我交出來！」

女人的顫音隔著一扇門傳來，「所以、所以我不是讓那孩子待在外面嗎？」

「妳說那營養不良的小鬼？連個影子都沒看到，別想糊弄我們！」

「我不敢，我發誓，我眞的把他留在外面了！」

當我意識到要摀住男孩的耳朵時，爲時已晚。男孩愣愣地看著門把，清冷月光透過老舊氣窗灑落，灑進他空洞的灰色眸子裡，顯得那裡更加虛無。

我用氣音告訴他，「別出去。」

男孩卻笑了，用口型說：「我得走了。」

好像所有的等待都是爲了此刻。

從一開始坐在門口、進不了家門時，小小的男孩就知道自己的使命，他生在那個家庭最後的任務，就是成爲貢品、成爲金錢數字中的利息。又乖又可憐。

「你爸媽一直在家？明明在卻不讓你進門？」

他沒回話，只是伸手握住門把。那瞬間，我緊緊握住他的小掌，不允許他開門。奇怪，顫抖的不是他，而是我。

他抬頭望著我，有些抱歉地說：「我手很髒，你別碰我。」

「你手不髒，我下午是亂說的！傻瓜，別那麼聽話！」

「媽媽說我必須跟他們走。」

氣死我了。連動物也知道遇到危險要逃跑吧？

「我會保護你。」我加重握住那隻稚嫩小手的力道，「哥哥會保護你。」

「哥哥。」似乎對這個稱呼感到新奇，他眼睛一亮，複誦一次。

「對，哥哥。」我握得很緊，不允許他掙脫，「哥哥會教你讀書寫字、教你打遊戲、教你綁鞋帶，所以你不要走。」

我們僵持了十來分鐘，最後小灰妥協了，跟著我回房裡吹風扇睡覺。

那夜對一個幼稚的青少年來說特別偉大，明明沒做什麼，卻認爲自己成了保護弱小的英雄，讓我有些得意忘形，甚至有種錯覺，這孩子會一直在我的羽翼下安穩長大，永遠在一起……

✦

我不是什麼認眞的資優生，曾經惹過不少麻煩。李胖說過，我天生長得凶神惡煞，不笑的時候看起來像要去討錢，抽菸時更像混黑社會。簡單來說，就是壞。

「雖然壞但是帥。」他痛心疾首地承認。

我這種長相在女生間挺受歡迎。那時我女友換過一個又一個，有個叫佳芬還是佳芳的人說我是貓相，但肯定不是家貓，是野性特別強的流浪貓，別人一靠近就直哈氣。就算好不容易親近了，最終也不會乖乖跟著走。她還說我就是四處討摸的流浪貓，結果一溜煙就跑不見了，可惡又可愛。

我嘿嘿一笑，無法反駁。我特別怕麻煩，只想要輕鬆快速、可以輕易結束的關係。

她惆悵地說：「要是你這個浪子真的定下來，那個人一定很特別，她一定給了你『家』的感覺，是別人給不起的。」

我打了個冷顫，「別開玩笑，我不想一輩子被一個人束縛到天涯海角，想想就可怕。」

我沒想到這無心的一句話最後竟一語成讖。

隔天我拎著小不點回他家，發現他們家敲門居然有暗號。

叩——叩——叩——叩、叩。三長兩短，代表是自己人。

他媽媽一拉開門就崩潰地喊：「你昨晚是跑去哪裡？」

一看到我也在門外，便尷尬地對我點了頭，連忙拉男孩進屋。我心一慌，下意識牽住男孩的手，想護著小朋友，張口就道：「我和他約好了，每週兩次教他讀書寫字。」

「什麼？」

「我看他這個年紀連書都不會讀有點擔心。太雞婆了對吧？果然還是經由社福機構幫忙，不該由鄰居來……」

「沒事！您願意教他當然好，不用麻煩社工。」她客套又緊張地說。

「那就每週三和日好了。三等我放學，日可以全天。」不給她反悔的機會，我迅速定出時間。

見她不甘願地答應後，我才放心鬆手。

門關上前，男孩探頭在門縫間說：「哥哥再見。」

有一點可愛。多了個弟弟原來是件這麼快樂的事嗎？

李胖直說不可能、一點也不快樂，他和他弟勢不兩立。

如果他看到這樣的我肯定會嚇死，覺得我腦子壞了，天地之間唯我獨尊的蘇千里、花叢間來去自如的蘇千里，居然蹲在房裡，一筆一畫地教小孩寫字。

換作以前，我肯定對這樣的自己嗤之以鼻。我想，我最近是同情心氾濫。算了！就當作積陰德，說不定死後下地獄可以抵一些風流債。

妙的是，我可不是那種慈眉善目的鄰家哥哥，我天天蹺課，嘴裡還叼著菸，小不點見了也不害怕，只知道一個勁地跟著我。該說他傻還是聰明呢？說他傻，他是眞傻，哪天被我這個品行不正的人誆了都不知道；說他聰明，也眞是聰明，不挑別人偏偏挑了我，捏在我心尖最軟的那片地，讓我無法置之不理。

我問李胖，「你弟叫你『哥哥』時，你有什麼感覺？」

李胖聲音顫抖地道：「很可怕，肯定大事不妙，他平常只叫我胖子。」

眞是悽慘的兄弟關係。

我反倒覺得挺好聽的，那孩子一聲聲「哥哥」，怎麼就讓我心底融化呢？

「不允許你這樣叫其他人，你只有我這一個哥，知道嗎？」

「知道。」

「嗯，很乖。」

「我寫好了，你看。」男孩亮出手上的白紙，歪歪斜斜的字稱不上好看，甚至有點鬼畫符。

我嘲笑，「外牆噴漆的字呢，搞的是藝術，你這……是搞砸了，有待加強。」

他寫到右掌一側都被鉛灰印黑了，我勉強能辨識他的字跡，看見他努力寫下三個字——蘇、千、里。

白紙黑字，一整面寫的都是蘇千里。那是我握著他的小手，一筆一畫教他寫的。

「蘇千里是誰？」我插腰，神氣地問。

「是你。」

「對，是你最帥、最好的千里哥。」像是想起什麼，我接著問，「你名字是什麼？」

小東西不說話，想了很久。最後，他搖頭，「死掉的人沒有名字。」

看吧。他不只捏在我心尖最柔軟的那塊地，還用力踏了兩下。那雙灰色眼睛沒有情緒、沒有喜怒哀樂，有的只是困惑。他不知道自己叫什麼名字。

「你眼睛是灰色的，知道什麼是灰色嗎？」

男孩點頭又搖頭，似懂非懂。

「雷雨前的烏雲是灰色的、草木燃燒的餘燼是灰色的、都市的塵霧是灰色的、下水道逃竄的老鼠們也是灰色的。」我揉揉他那頭亂髮，「小不點，你也是灰色的。」

小不點聽懂了，眼睛亮了。

「小灰。」我笑，「決定了，從此以後你就叫小灰。」

✦

小灰來我家的事已經不是祕密，爸媽出乎意料沒有反彈，或許是因爲人類都有惻隱之心？

我們搬家搬得勤，舊衣都丟光了，媽媽看著小不點的背影，煩惱地說：「早知道就多留幾件。」

我開玩笑地問，「是不是想收乾兒子啦？」媽媽立刻板起刻薄臉孔，「不收不收！經濟不景氣，日子那麼苦，你當我做慈善事業的？」

說歸說，她還是煮了一桌豐盛好菜，催促小灰吃飯。刀子嘴豆腐心。

「童年吃不好，以後青春期注定長不高。」她一邊念一邊夾菜到小灰的碗裡。小朋友細嚼慢嚥，飯菜被堆成一座小山。

眞神奇，我開始好奇小孩長大的樣子了。

「那孩子很黏你、信賴你，眞想不到。」媽媽邊洗碗邊說。

「當然，我是他哥。」

「天底下有這種天天蹺課打混的哥哥？」

「我教他讀書寫字教得可好了！」

「千里，明年春天我們就走了，我怕他捨不得。」

聞言，我手中叉子掉了，哐啷一聲掉到舊沙發底下，我伸手進黑暗之中摸索，「不是還有半年嗎？還遠著呢！」

很奇怪，我的指尖在顫抖，我明明不怕黑，更不怕髒的。

「很快的，小孩子長大都是一瞬間的事。」

在黑暗中我握著叉子，喃喃自語，「我希望小灰永遠長不大，永遠都是那個需要我保護的小不點。」

媽媽走過來甩了我一臉洗碗精泡沫，「我就說天底下沒你這種詛咒弟弟長不大的哥哥！」

「好痛！救命！泡沫流進眼睛了！」

看似嘻皮笑臉的我內心很慌張，我在害怕，怕最後不是小灰捨不得，而是我。突然覺得自己好陌生，我從來不曾這麼強烈地抗拒離開，也許眞的是同情心氾濫了。

有一次，我注意到小灰破皮的膝蓋和瘀青的手臂，問他怎麼弄的，他愣是不說，連一聲疼都沒喊，逆來順受到近乎病態，好像再大的傷對他而言都不痛不癢。

於是我忍不住生氣，「你怎麼受傷也不說？」

「說了的話會改變嗎？」他的回覆我至今仍難以忘懷。

「什麼？」

「就算說很疼也沒人會聽、沒人在乎，那爲什麼要說？」小灰看起來是眞的困惑。

媽的，那句話讓我心疼死了，「下次要說，我會在乎。」我揉揉他的小腦袋，「這世上還有千里哥哥會在乎你。」

小時候搬家時，我總會大聲嚷嚷「我不要走」，鬧得雞犬不寧。雖然知道最後還是得離開，但我還是會大聲哭鬧，至少讓心裡的不滿情緒得以宣洩。好像是大一點之後，我看出父母不耐煩與困擾的表情，學會閉上嘴巴。反正父母不聽也不在乎，反正都得乖乖跟著走。

或許是一次次的壓抑，讓我最後用雲淡風輕的態度面對每次的離別。

我沒差，但我不希望小灰變成這樣。

「不管什麼感受都要說出口，知道嗎？」我不熟練地替他的膝蓋上藥，「疼痛、害怕、開心、期待、喜歡……人類有好多好多情緒，你要誠實，不要欺騙自己。」

小不點點頭。

我吹吹他塗上碘酒的膝蓋，「痛不痛？」

「不痛。」

「剛剛我才說要誠實。」

「眞的不痛。」

「好，你是男子漢，不痛就不痛。」我朝他伸出小指，「敢不敢拉勾，說謊的是小狗。」

他毫不猶豫伸出小指拉勾。

「哥哥，」他勾著我的小指，微笑，「好喜歡你！」像天使一樣溫柔平和的笑容，正中紅心。

他補了句，「我很誠實。」

「哈哈，對，很棒很棒……」我的語氣無比僵硬。心臟，你吃錯藥了嗎？別自顧自地跳那麼快啊！

✦

國語辭典「灰」釋義：

一、物體燃燒後剩下的粉屑

二、塵土

三、淺黑色

四、志氣消沉

灰是「火」部，我握著他的手寫下最後一撇，「你看，這屋子底下藏了一把火。」

小灰點點頭，表示他會了。

一撇一捺、一橫一豎之間，我竟沒察覺那無形的火有一天會燒上房梁，最終把我的心燒得赤裸荒蕪。

週日半夜，我被熟悉的聲音吵醒。

「趁著那對夫妻不在家，看有什麼値錢的都拿去抵一抵！順便和小鬼頭玩一下，天天催錢催到我都膩了。」

我睡意全無，慌張地爬起身，趴在門板上聽外面的動靜。隔壁的門鎖被撬開，翻箱倒櫃的聲音傳來，鍋碗瓢盆全砸在地上。我偷偷開一條縫，確認傳來門外沒人把風。下午教小灰寫字時，他說他的父母今晚都不在，怎麼辦，他有好好躲起來嗎？

一對多根本就是天方夜譚。能報警嗎？不能，小灰說過，一旦報警他們只會加倍奉還，他爸的左手就是被打斷的。

意識到我是弱小的那一方，發現自己窩囊地在發抖，那模樣實在太懦弱。

「操！沒看到小孩啊，帶走了嗎？」

「找仔細點，肯定是藏起來了！你忘了，上次我們也被他耍得團團轉？」

「對，等等我一定要給他『愛的教訓』，慘了，光是想像就好興奮……」

聽著那些粗俗葷話，我再也忍不下去，跑到走廊撿了塊脫落的磚塊，在手心掂掂，三樓的重力加速度應該足夠了吧？

我對準他們的車輛，往樓下一扔。

哐啷——車窗碎了、車頭蓋凹了、警報器開始狂響。

我迅速躲回門後，趁著他們邊罵髒話邊跑下樓的時間，趕緊推開門去隔壁找男孩，

「小灰！你在哪？」

喊了幾次都沒有人回應，我驀然想起了什麼，拿起地上的鍋鏟狂敲。

叩——叩——叩——叩、叩。三長兩短，他們家的暗號。

小灰艱難地爬出角落的櫃子。

樓下傳出發動引擎駛離的聲音，看來沒有什麼比受損的愛車更重要。

危機總算解除，鬆了一口氣，我坐在地上，看那狹窄的櫥櫃，「哈哈……怎麼躲進去的？」

小灰沒說話，大概也不知道自己怎麼進去的，不過就是在危急時順從本能罷了。

「你好聰明，好勇敢。」

小不點蒼白的臉蛋沾滿灰塵。

「怕嗎？」

「不……」他頓住，我們四目相交。然後他改口，「怕，很怕。」他試圖誠實面對自己眞正的感受。

我伸出雙臂，「過來。」

他撲進我懷裡，後背都是悶溼的汗。我抹掉他臉上沾到的蜘蛛網，將他圈在懷裡，伸出顫抖的手，「你看，我也好怕。」

膽小鬼兄弟。兩個怕得不行的人就那樣顫抖著擁抱，有點滑稽。

當時那份自白對我來說實在難得，畢竟是愛面子的年紀，誰願意承認自己膽小？但我想對他誠實，正如他對我坦誠。又或許，我知道不論我是什麼模樣，強悍或懦弱、正直或卑劣，小灰看我的目光都不會移開分毫。那是一種盲目又堅定的自信。

不理會滿地狼藉，我帶著小灰回我的房間，我們蓋著同一條被子睡覺，風扇嗡嗡作響。

夏夜，我們在黑暗中互相依偎，像兩隻幼蟬。

隔天醒來，清晨陽光灑在他熟睡的面容上，睫毛又長又密，顫著光。嘖，以後長大肯定是藍顏禍水。

他的一隻手擱在我枕邊。還是太瘦，都是骨頭，糖果屋的壞巫婆肯定嫌棄不已。

小灰比同齡的小孩矮一截，想法也很純真，他知道世界有多陰險嗎？分得清善惡嗎？如果他生在普通家庭，小學生的他現在也許會喜歡寶可夢、喜歡打球，可能還暗戀班裡某個小女生……

如果我們的人生有所選擇。

盛夏潮熱，小灰睡得整張臉紅紅的，像小蘋果。他緩緩睜開眼，半睡半醒間哼了聲。我看著那張睡臉，心裡一軟，用氣音說：「早安。」

✦

隨著相處的時間變多，寡言的小孩越來越常說話，也更會表達感情。他能在喝柳橙汁時說「喜歡」、能翻開艱深書本說「無聊」、能躺在草皮看著天空說「開心」，甚至能在偶爾鬧彆扭時對我罵「討厭」。

他也終於能說「好痛」。

我低頭看，小灰的嘴裡破了一個洞，瘡口發白，是細菌感染，難怪一整天都不吃飯。

我想看看周遭的牙肉有沒有發炎，便把手指伸進他的口腔裡，指甲不小心刮到膿包，他疼地咬我一下，我也被他嚇到了。咬得還真大力，指節有一圈他的齒痕。此刻的他像隻會咬人的小老鼠。

剛剛那下似乎刮得太重，他摀著半邊臉頰，眼眶都紅了，「哥哥，對不起！我不是故意要咬你的！」

他急著道歉，淚眼汪汪，又重新張開嘴巴。嘴巴好小，舌頭也好小，又溼又紅。那模樣又乖又可憐。

奇怪的是我感到一股本能的慾求。

我摀住他雙眼。他不明所以地掙扎，而我只是緊緊摀著他，不讓他看見我發紅的耳根。

我聲音發顫地說：「聽話，不能吃酸的和燙的了，這幾天不喝柳橙汁傷口才好得快。」飛快地說完後，我就扔下他在房間，像逃難似的離開。

對不起佛祖，對不起上帝，剛剛有一瞬間，我竟然對一個孩子有了不好的想像，必須要懺悔才行。媽的！一定是太久沒抒發了，一定是憋太久才會這樣發瘋。

我蹲在路邊，摀住臉頰，「蘇千里你這個瘋子……」

青春期年少的躁動是難免，那正是對性感到好奇的年紀。

我曾和一個女生在她房裡偷嘗禁果，不用人教，自然知道下一步怎麼做，初體驗生澀又刺激。這不是什麼祕密，甚至一群臭男生湊一起就愛拿來說嘴。

當然，我再怎麼變態，都知道對一個十歲出頭的孩子心動是天理難容，不，根本泯滅天良。

後來幾天，那畫面一直出現在我夢裡，快將我逼瘋，只差沒拿頭去撞牆壁。

不可能、不可能，我越是否認，夢境就越糾纏我。再後來，我看著鏡子中睡眼惺忪的自己，終於能承認，我大概是個禽獸。

小不點很不安，覺得肯定是那天咬我惹我生氣，所以我才避著他。

看啊！又是那個天真無邪的眼神。

我面不改色地編了個藉口，「那天我突然想到朋友在樓下等我，多等一分鐘他會抓狂，所以才會跑掉。」

男孩依舊滿眼愧疚，「我咬了你，這樣，你也咬我一下好不好？」

警鈴大作。我認輸，趕緊提議，「那你陪哥一起打排球吧。」

太陽下，男孩眼眸倒映著光，像是澄澈乾淨的玻璃珠，我看得出神。果然這雙眼，比起逼仄陰暗的房角，在燦爛陽光下更好看。

男孩出汗了，慘白的膚色染上紅暈，看起來終於健康了些，有了活力。這樣才對，你總算像個十歲的孩子一樣哈哈大笑。

男孩還抓不住打排球的要領，手腕內側都是瘀青，令人怵目驚心，我直喊著不玩了！

小灰立刻露出失望的神情，「我第一次打排球，太爛了，我會努力變得更厲害，可不可以再陪我玩一下？」

對著這雙眼，就算他想要的是全世界，我也會想辦法給他的吧……

「嗯，爛死了，我就勉為其難再陪你玩一下。」我裝作無可奈何地起身。

好想讓這個男孩永遠活在陽光之下。我們一起在空地打排球，你邊笑邊奔跑著撿球。那時我有個想法，全世界欠你的，我都想替你討回來。

✦

我第一次打架是在十四歲，不是開玩笑的小推小鬧，而是嚴重到連警察都出動了。也不過是四年前的事。那次右腿都斷了，在醫院躺了一個月。

正值血氣方剛的年紀，聽到有人被別校打，就氣沖沖跟著大伙人去幫忙，球棒和木條都拿來砸。

我在混亂之中被撞倒，有人拿球棒砸我的膝蓋和小腿，我痛得說不出話，覺得今天就要交代在這，心裡怕得不行，只顧著想逃。我狼狽地在荒地上爬，拖著受傷的腿爬不快，爬沒幾步又被人拖回去打。

再次醒來是在醫院，身旁沒有那群狐群狗黨，只有常常幫忙跑腿的棉花糖男孩李胖。他坐在一旁陪我，哭得一把鼻涕一把眼淚，瞬間我明白了，平常那些稱兄道弟的，一旦出事了溜得比誰都快。

說來好笑，我那時用類似告白的語氣對李胖說：「既然你留下來了，那我們就這樣過一輩子吧，不離不棄，先絕交的是小狗。」

李胖哭得更傷心了。至今我仍搞不懂究竟他是害怕還是太感動。

有了那次教訓以後我便不再打架。別的不說，光是回想當下，我就嚇得發抖。疼痛難耐，骨折復健還很折磨人，醫院餐盒一聞到味道又會想吐，再加上老媽的眼淚讓我怪愧疚的。

我也因此被說過孬種，說我長得凶神惡煞，沒想到實際上是個膽小鬼，丟人現眼。以往那些挑釁總是逆耳，如今我已經能不要臉地說：「對啊，我俗辣，超怕痛，但是讓我心痛就沒差喔！」邊說邊對女孩們拋媚眼。

某天李胖看著我右臉新鮮的巴掌印，說這樣也好，他不用擔心我哪天橫死街頭。

「比起被打死，不如被女孩子一輩子記恨死吧！四處留情的大蘿蔔。」

「你又不是不知道，我總是來來去去，可能下個月又要搬家了，比起許諾太遙遠的未來，不如享受當下嘛！」

「我很好奇，那些男男女女裡，就沒有人讓你牽腸掛肚過？」

我沉默很久，最後慎重地看著他，「李胖，是你。」

哦，李胖看起來又想哭了。

新學校裡有位學姊和我告白，她叫心怡，豔麗漂亮、胸大腿長。我沒有拒絕美女的理由，順理成章地和她交往。她有些蠻橫，像個嬌貴的小公主，也行，無所謂，身邊伴侶的個性我不在意也不好奇，喜歡我就行。

曾有個男孩說過，我的內心很寂寞而不自知。

他叫林松，是在我身邊最久的情人。他說話直爽，像顆溫暖明亮卻不燙人的太陽。分隔兩地後，林松仍固定和我聯繫，假日偶爾會來外縣市找我打球吃飯之類的，互動漸淡，但誰都沒提出要斷了這關係。

直到某個晴空萬里的午後，林松一如往常地打給我，「我早就知道，蘇千里，你不喜歡我，只是需要我。」

那時我沒來由地生氣，我明明不需要任何人，別自以為看穿我。現在想來那一定是我惱羞成怒了。我焦躁地回，「所以呢？要分手？」

「要分手也等我他媽先罵完！我一開始就是被你這張帥臉欺騙，傻傻地把心都交出去！氣死了！後來才發現你就是沒心沒肺的混蛋。對，在你身邊的每個人肯定都想過，要成為你生命中最特別的存在。你這個浪子有種不羈的魅力，讓人想在你心底占一席地、想得到你的愛。爽嗎？但是我告訴你啊……蘇千里，你的心是空的，你他媽根本沒有心，不懂愛是什麼。你寂寞又空虛，像個空殼，你只是需要我的喜歡來證明你是被需要的。你只是想被人留住，又不願付出眞心給任何人。每次都是我去找你，你有找過我一次嗎？眞他媽有夠自私……」

那天下午林松罵了好久，罵到我的手機宣告沒電才結束，他的一字一句戳在心窩。好笑的是，我們分手後反倒成為了朋友，我有時眞怕那張利嘴，字字誅心。

遠在他鄉的我，至少還有這兩個摯友——李胖和林松。

說回心怡。某天放學她跟著我回家，爸媽不在。一進門，心怡彎著腰脫下長襪，制服裙短得直逼腿根，那畫面又辣又刺激。

她也不是個扭捏的女生，她意有所指地勾著我，「不邀請我去你房間坐坐？」

一逼近，我發現她還噴了香水。收到她的暗示，正想開口，小不點就出現在我們之間。

小灰左看右看，視線最後固定在我身上，「等你好久。」

「我跟妳介紹，我弟，叫他小灰就好。」

心怡很快就被小灰的可愛收服，伸手想摸一把，小灰卻畏畏縮縮地躲到我身後，抬頭看我，「哥哥？」

「別怕，她是心怡姊姊，今天一起陪你玩好不好？」

「我……只要哥哥。」

「乖，聽話。以後心怡姊姊會常常來。」

小不點賭氣般地跑進房間，我跟上拿了些零食給他。

心怡見狀附在我耳邊笑，「你弟太黏你了，別人家兄弟沒打起來就是萬幸了。你也一個勁地寵他，沒想到你的眼神還可以這樣溫柔到快流出蜜了，我有點吃醋。」

溫柔？誤會大了，與我八竿子打不著的形容詞，我可是經常被罵無情的。

「奇怪嗎？」

「不怪。你是好男人，我眼光真不錯。」

「感謝妳的好眼光。」

她故意學小灰喊我，「哥哥？」

男人都聽得出來，那帶點調情的意圖。她笑得萬種風情，換作從前我肯定直接撲上，但我沒有，或許是小灰在場的緣故，兒童不宜。我甚至對那聲「哥哥」有些牴觸。我笑罵，「叫什麼哥哥，都把我叫老了！」

那天小灰顯得興致缺缺，還鬧小脾氣。後來我找個藉口送心怡出門，她站在門口穿鞋，笑盈盈地墊起腳尖，在我臉頰上親一口，「好哥哥，明天見。」

心怡走後，我牽著小灰回房間，「現在可以說你爲什麼不開心了？」

小灰縮成一團，把臉埋進膝蓋裡，聲音悶悶的，「不說。」

「我們約好要誠實的。」

小灰沒有回答。

「你不說，也不和姊姊玩，還不看我，怎麼這麼不乖？」

他還是不肯抬頭，像在賭氣。

「你如果一直這麼不乖，我就不要你了。」

話音剛落，小灰「哇」地一聲哭了，那是我第一次看他哭得那麼傷心，那雙空洞的灰眸活過來了、有情緒了，卻是滿溢而出的悲傷。

他哭得滿臉鼻涕和眼淚，我慌張地抱住他，手忙腳亂，像抱著一艘風浪中搖搖欲墜的小船。

「不哭不哭！我亂說的，不會丟下你，我發誓一輩子都不丟下你！」

他哭得一抽一噎，可憐極了，十指緊緊抓著我的制服，抓皺了也不願放手。

原來如此，這是他的惡夢，他是個無法決定自己命運的小可憐，害怕自己隨時隨地被丟掉。

儘管如此，他還是不會表露他的不安，也不會乞求我的關愛，只是安分地待在角落，察言觀色，又乖又可憐。而我卻拿他最害怕的事開玩笑，簡直是良心被狗吃。

我邊想邊抽自己嘴巴，「我壞嘴巴、亂說話。對不起，哥哥只要小灰，不要其他人，以後不會亂說話了！」

「她喊你哥哥。」他哭著說：「我只有你一個哥哥，可是你不是……你讓她也喊你哥哥。」

救命。這是什麼吃醋的可愛發言？想要獨占哥哥是不是？

他的眼神在指責，說我是個不專一的花心大蘿蔔，好生氣、好傷心。可我像個傻子一樣，聽了居然樂到不行，邊笑邊道歉，拿面紙幫他擦臉，「以後不讓她喊了，只有小灰能喊我哥哥。」

「眞的？」

「眞的。」

「不要丟下我。」

「不丟不丟！誰說要丟你的，我揍死他！」人不要臉天下無敵。

日落西山，這裡通風採光都不好，在房內總感覺時間走得特別快，一眨眼天就黑了。

哭那麼久，小灰的嗓子都啞了。我們坐在房間硬地板上，他趴在我懷裡揪著我的制服不放，像隻黏人無尾熊。

夏末秋初依舊悶熱難耐，老舊的風扇嗡嗡作響。我出了一層薄汗，想拉開小灰，他卻不肯放手。擁抱的溫度像發燒。聽說別人家的弟弟不這樣黏人的。

鐵皮屋外夏蟬唧唧，我翻開昆蟲百科，藉著窗外微弱的光線指給他看，「你知道嗎？北美洲有一種生命週期最長的蟬，在土裡蟄伏了十七年才破土而出，卻只剩三十天的生命能翱翔，順應自然規律交配、繁衍、死亡。牠在黑暗中等了好多年，終於等到生命中最炙熱的夏天，但餘生只有三十天。」

小灰說：「三十天就夠了。」

「你知道三十天是多久嗎？很短的！」

「嗯，自從我見到哥哥到今天，剛好就是三十天。如果在黑暗中待了很久很久就是爲了這三十天，那已經足夠了。」

我看著小灰，沒說話，心裡有些酸澀。

他低著頭，纖細的後頸骨節過於明顯，即使天天餵他吃好的，他仍舊瘦得讓人心疼。

「你幹麼還數著日子？」我推推他的小腦袋，他只是嘿嘿一笑。

「不夠，遠遠不夠。」我抱緊他，「我想偷全世界的快樂給你。」

「快樂怎麼偷？」

「你別管，只要盡情快樂。」話一出口我便愣住。蘇千里，你現在是對一個小孩說情話嗎？

我抬頭，注意到角落那片壁癌越擴越大，下雨天總會漏水，久了就有一股潮溼的悶味，我就說腦袋遲早會一起悶壞。

「小不點，你一出生就住在這？」

「沒有，我們一直搬家，一直逃跑。媽媽說過，那些叔叔會追到天涯海角，直到我們把錢全都吐出來。」

這樣啊，你也跟我一樣一直在流浪。我們沒有家鄉、沒有根。世界太大，而我們太渺小。

兩顆渺小的砂礫，在大千世界的一隅相遇了。沒人懂那多驚喜。

「這麼巧。」昏暗的房裡，我笑了，「我也一直在搬家，下次你想去哪裡？」

在夕陽完全沉下山，視野被黑暗籠罩前，他開口：「我只想去有哥哥在的地方。」

那晚我久違地打給好久不見的林松。

「出什麼事了？你打給我鐵定沒好事。」

「確實是出事了，我完蛋了。」

「這次是斷手還是斷腳？哪家醫院？」

「我在你心裡到底是什麼形象？」

「有屁快放！要是我男友知道我和你聊天，肯定又要瞎緊張！」

「你那時說對了，我不懂愛。我就是需要別人緊抓著我、拚命留住我，才能感到自己被需要。只有喜歡是不夠的，我還希望他依賴我、非我不可。我以爲我沒有心，但這次有哪裡不一樣了，如果他的心不在我身上，我好像會很失落。」

「哦，哪位勇士讓你這位無情漢心動？」

「十歲的男孩子。」

「不是啊，哪來的孩子？算了，這不是重點，重點是，你還是沒明白，你體會到的只是身爲哥哥的責任感。」

「我對那孩子起過邪念，就算只有一瞬間。」

電話那頭沉默了，林松尷尬地笑著，「老實說吧蘇千里，你在玩眞心話大冒險，還是惡作劇電話？我是不是要做反應給你？警察叔叔這裡有變態……」

「我知道這是錯的，所以林松啊……我快瘋了。」

電話那頭罵了一聲「操」後迅速掛斷，看來嚇得不輕。

夏蟬不叫了，秋天來臨，短暫的三十日稍縱即逝。

✦

小灰說希望自己的人生不是灰色的，而是草原的綠或蒼穹的藍。

「爲什麼？」我點了菸，毫不在意在孩子身旁。

「因爲我想去那樣的地方，有草原、有藍天白雲，每天看日升日落。」

「哦？你這小不點有著浪漫的靈魂啊！」

「在那裡，不用在意我是誰、不用記得從哪來、不用逃跑和害怕，也不會被丟掉。」

「那裡有我嗎？」

旅遊圖鑑翻到其中一頁，大漠草原、綿延山脈、銀河星空……成群的牛羊恣意奔馳，萬物有靈也萬物自由。

小灰看著我，「有。」

他的眼神緊抓著我，像在說「一起去吧，無論天涯海角」。

我看向菸頭星火，在煙霧之間彷彿窺見草原農舍伴隨著飯菜香的炊煙，那是一種對「家」的嚮往。

「那以後哥哥帶你去吧，去天地間流浪。」

小灰難得孩子氣地笑了，「哥，別丟下我，我哪都跟你去。」

我帶小灰去了河堤，那是沙塵籠罩的城鎮中最接近大自然的一處。

秋日芒草隨風搖曳，像柔軟白浪。一起風，小灰被搔得直打噴嚏，逗得我哈哈大笑。

夕陽如火，河面閃閃發亮，景象無比美麗也無比蒼涼。

我撿了顆圓扁石子，「小時候我常和我爸打水漂，那時我們還沒頻繁搬家，我家社區後方有個河堤跟這裡很像，我爸就在那裡教我。那個老頑固真的不適合教人，說好幾次我都聽不懂。」

我將石子朝河面拋去，石子在水面不斷彈起又落下，足足彈起五次，像長了翅膀。

「我好不容易學會了，臭屁的很，動不動就找人單挑，才知道人外有人、天外有天，每個都比我厲害。我不服輸，死命練習，結果還沒約好下次比賽時間，我們就搬走了。」

東挑西揀，我挑了顆順手的扁石給小灰，「試試看，訣竅是丟的角度和水面不能超過四十五度！對，差不多這樣。」我邊說邊替他調整姿勢。

「拋出去！」

聞言，小灰用力一拋，石子撲通一聲落入水底，徹底打亂了河面夕陽。

「哈哈！你得再放低一點，最好是貼著湖面的二十度角，想像自己趨近於水平面，懂嗎？」

男孩站直，伸手拋出一顆石子，當然又落入河底。他有些氣餒，「總有一天我會學會的。」

我揉揉那顆小腦袋，「嗯，當然會，你那麼厲害。」

野狗在河邊散步，三五成群，眼裡充滿野性，我拉著小灰想繞道走，誰知道小不點一點都不怕，親暱地走在牠們身邊。野狗聞聞他的味道，示好地舔他手指，小灰伸出手摸牠們的頭頂和毛，野狗便搖搖尾巴跟著他走。

瞬間我想起左鄰右舍說過的話。

「小灰比起人，更像動物，像老鼠。」

不是的，不是的。雖然小灰聰明又善於躲藏，但他同樣害怕、同樣脆弱。他不喜歡陰暗潮溼的角落，他喜歡山、喜歡海，憧憬著書中一望無際的草原，想順著河流跑只為能通向大海。

他的世界應該是明亮開闊的，他明明就是有血有肉的人類。

或許是察覺到我停下腳步，小灰也跟著停下來，轉頭看著我。個頭那麼小，在夕陽下的剪影卻顯得如此巨大。

小灰笑了。他拋下那群野狗，回頭，不顧一切地跑向我，「哥哥！」

那瞬間，我蹲下來，朝他展開雙臂。他安穩地撲進我懷裡。

「樓上阿姨說過，她看到你蹲在公園的下水道旁，追著底下的溝鼠跑。」沒頭沒腦地，我說。

「其實我是追著地下水跑，我想知道，一直跑、跑到盡頭，是不是就能看見大海？是不是就能離開這裡？」

「我帶你去啊！世界的盡頭。」年輕的我心傲、志氣高，認為自己沒什麼做不到。

李胖曾問我，去了那麼多地方，有沒有哪裡讓我最流連忘返？我說我忘了，誰在意風景好看不好看，反正都是吃飯睡覺。

但那一刻我知道答案了。展轉千里路，我最後一定會想起的地方，是這裡。千山萬水都沒眼前這片淡然乾淨的芒草來得好看。

✦

我和心怡分手了。

她很愛在小灰面前故意喊我哥哥、挽手親嘴，看小孩苦著一張臉。小孩不說卻在意的很，每每都要哭鼻子。我求她別鬧，她摀住我的嘴，「別再袒護他，都聽膩了，我才是你女朋友！他算什麼？」

我並不是主動和伴侶提分手的類型，多半都是他們受不了我的疏離而自己離開。所以這幾乎算是我第一次主動提分手，場面弄得很難看。

她指著小灰喊：「小朋友，別再用那種眼神看我，氣我搶走你哥嗎？有什麼好氣的，你們又沒血緣關係，你根本什麼也不是！他只是同情你才──」

「妳別對他說這種話！」

「蘇千里，你居然為了一個小男孩和我分手！噁不噁心？你會後悔的！」

事實上她也順利地報復我，學校裡我不堪入耳的傳聞滿城風雨。

學校宛如小型社會，流言蜚語是最好的午飯配菜，方便大家嚼著下飯。八卦會加油添醋、會變形，人人都愛腥羶色。

那些話對我而言不痛不癢，但牽扯到小朋友就令人非常不爽。我意識到一件事，言語有時比拳頭更暴力。

心怡不再來後，小朋友的心情可美麗了。我和他坐在河堤邊看天上的風箏飛舞，小狗、鯨魚、烏賊……

看一看，小灰問起，「心怡姊姊怎麼不來了？」

「我們分手了。」

等等，這孩子知道什麼是「分手」嗎？我換個說法，「她討厭我了。」

「喔。」小灰笑了。

居然笑我？有夠沒良心，她還賞了你哥哥一巴掌呢！

然後小灰直起身，跪在草皮上，湊過來在我臉頰上親了一下——像每次送心怡到門口前，她親我臉頰那樣。柔軟、溫熱，還有我剛塞給他的橘子糖味。

小灰天眞地笑，「我永遠不會討厭你！」

別的不學偏偏學這個！你這傢伙還搞偷襲……我的腦袋轟轟作響，幾乎要語無倫次。內心一半沸騰地躁動不已，一半寒涼，彷彿那些骯髒流言眞的實現。

一陣強風颳過，落葉飛揚，遠方的風箏禁不住亂流，在天邊墜落。

不妙。那天我肯定臉紅了。

不久後，我又交了個新的男孩，叫明秀。他戴著細框眼鏡，全身散發書卷氣息，常常上台領獎，和我天差地遠。儘管如此，他還是向我告白了。

「那些傳聞和視線滿天飛，你還向我告白，是不是傻？」

「我不傻，只是一直很喜歡你。你很耀眼，某次體育課你幫我擋住球，之後我就一直看著你。」他羞赧著臉。

耀眼嗎？我想到陽光底下那雙灰眸，眞的很耀眼，彷彿沒有摻入任何雜質……我搖搖頭，在想什麼。

「那要和我交往嗎？」

明秀沒有猶豫，紅著臉點頭，所有惡意傳聞都沒影響他對我的喜歡。

我當然也帶他認識小灰。小灰認生，明秀就耐著性子對他好，還教小灰各種知識，活生生的賢妻良母典範。

段考完，我帶著好學生明秀翻牆蹺課。都高三了，我還毫無自覺地玩樂，常常被明秀念，但明秀也很有默契地不問我未來的事，或許我們都知道，這段感情不會持續到永遠。

我們在房內喝啤酒、打遊戲，明秀有些醉意上頭，雙眼迷濛地偏頭問我，「千里，爲什麼你都不吻我？」

我嗆了一口。總不能說「就是沒心情」。

我支支吾吾地道：「拜託，你是好學生，外面那麼多雙眼睛看著，我怎麼能壞了你的名聲？」

「但現在這裡只有我們，只有我和你，你還是不願意吻我。」

我拿走他手裡的啤酒，「你醉了。」

「千里，是因爲那孩子嗎？你珍惜的那孩子？我從來不信陳心怡散播的謠言，我覺得她只是想報復你，但現在我有點相信了。眞的，千里，你和那孩子過於親密了。」

「他是我弟，我鄰居孩子，我對他好天經地義。」

「你們肢體接觸、擁抱、視線相交時，我都有種錯覺，我才是多餘的人。」

我笑著和他勾肩搭背，「你嫉妒一個十歲的孩子幹麼呢？」

「不，是那孩子嫉妒我，我看得出來。每次我來找你，那孩子都在嫉妒我，眼裡都是動物占有的本能。他想獨占你。」

房裡剩下遊戲輸局的電子音「You lose」。

懷舊卡通的瑪利歐被逼到懸崖邊，一晃一晃映在明秀的鏡片上。

他湊上前吻我，而我下意識偏頭躲過。

You lose。

「明秀，你太醉了，我幫你叫車回家。」

「我有個荒謬的猜想，那孩子喜歡你，很喜歡很喜歡。一開始我也懷疑，那孩子沒經過社會化，會有喜歡的情愫嗎？但是誰也說不準，小學時期我也暗戀過人呀！我還有一個更可怕的猜想，就是其實你也——」

「別說了！」我失控般地大喊：「明秀，別說了！閉嘴！」

明秀的眼因醉意而發紅朦朧，我卻覺得，鏡片底下的他把一切都看得清楚，赤裸到令人無地自容。

明秀緩緩地說：「你有沒有想過，他是你的藥，可是你會成爲他的毒？」一字一句，「蘇千里，你會成爲那孩子的毒。你不讓我說下去，是因爲你心裡有鬼。」

那夜我輾轉難眠，滿地皆是捏扁的啤酒罐。

一陣反胃，我衝進廁所吐，晚餐混著酒精的味道太可怕。我一直吐到吐不出東西才停止。

我虛弱地坐在廁所地板，突然想到，明秀和我告白那天，他說我是個耀眼的人。他瞎了，讀那麼多書都白費了，怎麼會覺得我這種人渣是耀眼的？

搖搖晃晃地走回房間，不知道難受是因爲喝醉，還是明秀的話，感覺五臟六腑都在疼。

門倏地開了，小不點站在門口，大概又是自己溜過來的。他聞著房裡濃烈的酒精味，捏著鼻子說臭。

「快回去。」

「你不舒服嗎？」小不點擔心地問。

「小灰，我說眞的，快回去。」

「你流好多汗！哪裡疼？」

我坐在地上，他徑直走向我。他一靠近，我便伸手推他，他跌在地上，一臉錯愕。他爬起身又走向我，我仍用力推開，瘦弱的身子跌坐在地。小灰沒喊一聲疼，只是眼裡既困惑又傷心。

「我、我做錯什麼了？」

「你沒錯，錯的是我。所以聽話好不好？先回去。」

這樣才對，這才是正常兄弟該有的距離。不能繼續錯下去了，不能拉著這孩子一起墮落，也不能再自欺欺人。

「我不要。」

還沒反應過來，小灰就撲進我懷裡緊緊抱著我。他在哭，炙熱的淚珠砸在我的肩膀上，他安靜又隱忍地掉眼淚。

我試圖拉開他的手，「我叫你回去！你不聽話，你不乖！」

「我不走！我要待在哥哥身邊！」

「你鬧夠了沒有！」我大喊：「你再鬧我就不要你了！」

那是我第一次凶他，吼聲在房裡迴盪。

我根本就捨不得凶他，也不想拿「丟掉他」當作威脅，那是最惡劣的情緒勒索，但我別無選擇，我第一次這樣害怕自己、厭惡自己，我無法控制自己的情感滋長。

我拿起一旁的鉛筆，那是平時教他寫字用的、削尖的筆，用力扎進我的手背，痛得我直發抖。筆芯插進肉裡，很快地，血流了出來。

小灰的臉慘白，「你在幹麼？」

「你走不走？不走，我就再刺一次。」我瞪著那雙帶有恐懼的灰眸，開始倒數，「三、二——」

小灰哭著跑走了，房裡只剩我一人，我卻覺得嘈雜無比，耳邊都是校園裡的流言蜚語。

閉嘴。給我閉嘴。別說了。

這份情感到底何時開始變質的？要多少謊言才隱藏得住？我承認，明秀看得一清二楚，硬生生扯掉我內心的遮羞布，逼著我直視自己那不堪的心意。

對，我心裡有鬼，我百口莫辯。

在那之後，我和小灰有著微妙的距離感，手背上的傷像一種提醒，小灰一看到傷口就自動地遠離我。小孩八成有陰影了。他沒問我那晚幹麼生氣，我也不提。我們依舊常常見面，但是杜絕了任何觸碰，誰都不踰矩。

✦

轉眼間冬天來了。

入秋後，我沒看過小灰穿一件厚衣，那單薄的身子挨得住嚴寒的冬季嗎？我自作主張買了一些衣服，衣服不夠還買了外套，外套不夠還買了圍巾和鞋子。然後，後知後覺地發現自己對他的尺寸瞭若指掌，原來我早就默記在心裡。簡直病入膏肓。

飯桌上，爸爸興高采烈地提起調職的事，「確定了！二月底走。那邊說是爲我空下了職缺，非要我去才行！」

太快了。二月分霜雪都還沒融盡呢，還沒來得及看見春回大地，就要道別了嗎？

媽媽問我，「你打算什麼時候和小灰說？」

「今晚。」

「唉，那孩子會哭吧！這麼黏你，以後誰來照顧他呀？」

我看著滿桌飯菜，愣愣地想，這樣才對。搬得正是時候，適當地劃清界線，才能抿滅我心裡那罪惡的情愫，讓它不要再點起火。

房內，飛蛾緊黏著白熾燈泡振翅。書本翻到最後一頁，闔上。

「我明年二月底搬走。」

小灰看了我很久，才從口中擠出一個音節，「嗯。」

他出乎意料地平靜淡定，我卻不安了，他應該要挽留我、應該要大哭大鬧、應該要任性地撒嬌求我留下來，這樣我就有大把藉口留在這裡——不是我不走，是小孩要我留下來的。

多麼自私惡劣的想法。

「居然不留我下來，哥哥有點傷心呢！」我故意說。

「如果我留你，你就不走了嗎？」

「……不行。」

「那帶我一起走。」

「這樣我會成爲兒童誘拐犯吧？」

小灰不說話了，我們都是一直在漂泊的人，都明白只能跟著大人走的身不由己。

等我再大一點好嗎？等我有能力，賺錢了能養活我們，也確定能單純把你當個弟弟看，我們就一起生活好嗎？想住草原或海邊都可以，我眞的會來接你，用搶的也要把你從對你漠不關心的父母身旁搶來。

大街小巷充斥聖誕氣息，氣溫驟降，平地也開始下雪。

明秀久違地找我見面。自從上次喝醉爭吵後，我們就僵持不下。

看著河面浮冰，他率先打破沉默，「原來我一喝醉就會把心裡話全說出口。」

「我也不該灌你酒，拉著你喝。」

「那些話很難聽，我道歉。」

「沒什麼該道歉的，都是實話。我只覺得你很厲害，說話不帶髒字，可是字字帶刺。哇！讀書人就是不一樣。」

我們同時笑了。明秀說：「這樣你還不認眞讀書？」

「傷腦筋，我突然想奮發圖強了。」

「千里，就算你是他的毒藥，他也會喝下去的。我覺得是這樣。」

「那我就更不該荼毒他了，多可憐啊！」我笑，「哎，你不罵我噁心、不罵我神經病，我反而不知所措了！」

「喜歡的心情是自由的，你是個明事理的人，我相信你應該知道法律上不能對那孩子……」

「操！我沒想到那塊去！眞的沒有！」

他聳肩，「我就是說說。」

「我正努力和那孩子保持距離呢！正常兄弟會有的距離。」

「打算怎麼辦？」

「沒怎麼辦，我明年二月底就走了，一走了之。他長大後肯定就會忘記我，我不過是他兒時記憶裡短暫的過客，只占他一生中的短短幾個月。」若我眞的在他心裡占了一塊，那也是違章建築，總有一天得拆，早晚的事。

「不是說他，我是說你。你這份情感要怎麼辦？」

菸燒到盡頭，我將菸蒂丟進浮冰之間，「誰知道？總有一天會煙消雲散！」

我拖到很晚才回家。進門前，在隔壁門口掛上那袋禮物，沉甸甸的，全都是我挑的衣服鞋子。正要開鎖，小灰的腦袋從門縫探出。他看著那袋禮物，再看著我。

「聖誕老公公給的，我剛看到他了。」我說。

小灰給我一抹禮貌又不失尷尬的微笑。

我嘆了口氣，「我在你這個年紀，還相信聖誕老公公真的存在。」

「……謝謝。」小灰緊緊抓著那袋禮物。

「小不點，聖誕快樂。」

「想去河堤邊。」

「現在？不行，太晚了，那邊太黑了，一不小心掉進河裡怎麼辦？」

「我不怕黑。」

「我怕，我怕黑行了吧？」我推推那顆越垂越低的腦袋，「所以我們去亮一點的地方吧！去看聖誕樹。」

外頭街道空無一人，僅有遠處徘徊的野狗。

小灰坐在腳踏車後座，雙手緊緊抓著我的外套。我騎得很慢，迎面而來的雪花又冰又涼。

我們穿過荒涼的孤墳野塚，穿過白日喧鬧的弄堂，穿過氣味猶存的菜市場，穿梭在各個騎樓下。

路面顛簸，小孩抓得很緊，是啊，那雙小手一直都用力地緊緊抓著我，是我一遍又一遍地撥開。

小鎮中心的聖誕樹即使深夜也依舊亮著，五顏六色的小燈泡一閃一閃，樹上掛滿了許願卡，我隨手拿了一張給他，「聽說寫下願望掛在聖誕樹上，聖誕老公公就會幫你實現。」

「世上沒有聖誕老公公。」

有夠破壞氣氛。

「喂，我相信好嗎？你不寫我寫。」

小灰還是搶回許願卡，「我要寫。」

我們各寫一張。配合小灰的身高，我蹲下來跟他掛的高度齊平。我們說好不看彼此的願望。

小灰的臉頰凍得通紅，他對著我笑，「能實現就好了。」

此時此地，鬧區宛如空城，彷彿世界只剩下我們二人，寂然無聲。

我看著那個天眞燦爛的笑容，情不自禁伸出手，快碰到他臉頰的瞬間，愣住，猛然清醒。

在我尷尬地收回手時，小灰握住了我，冰冷的小手緊緊握著我，他主動靠近，低頭用臉頰蹭著，像是動物在撒嬌，渴望關愛。

掌心感受到的皮膚太過細嫩。指尖在顫抖，我輕輕描繪著他的眼瞼、眉骨、嘴。漂亮的雙眼直視我，輕輕撫過我手背的傷疤，「哥哥，你要我誠實，所以……對不起，我總是想要離你更近，黏在你身邊，想永遠賴著你。但你很討厭吧？討厭到要這樣傷害自己……對不起，對不起，我太貪心了。我以後會忍住。」

貪心？我笑出聲，是對自己的自嘲。你這小鬼什麼也不懂，大人可是比你想得還貪心狡猾幾百倍。

夠了，不要再拉我下地獄，我好不容易才遏止那滿溢的心意。那是極其複雜的情感——悖德的羞愧、甜蜜的悸動。

我在他的額頭落下一吻。

小鎮的冬天一直在下雪。

那該死的情愫滅不掉，一搧就起火。

我沒救了。

失誤？根本不是失誤，我是存心的。

我敲著腦袋，一時意亂情迷也好，一時理智打結也好，什麼藉口都無法合理化那種行爲，眞該被天打雷劈。

林松死纏著要我發一張小灰的照片，他超級好奇。不傳，就等著被警察上銬帶走。

林松一講，我才發現自己沒有半張小灰的照片。我經他同意拍了幾張，怎麼拍怎麼可愛，還是不要發給林松了吧？

最後我挑了張平凡的照片傳給林松——小灰側著臉低頭在看旅遊圖鑑，頭髮蓬鬆，冬日暖陽灑在他的臉頰，眼瞳又灰又美麗。

林松打了電話過來，「我跟了你那麼久，怎麼就沒發現你是個變態呢？」

「我也是現在才發現自己是變態。」

「算了，童養媳也不是不行，再過六、七年後就可以吃掉……」

我掛斷電話，嗯，果然不該傳照片給林松。

✦

那天，我一如往常和小灰約在河堤邊見面。

老師在講升學的事，不准任何人逃課，還占用了放學時間。談到未來，我壓根沒想過未來的模樣。隨便念間大學、隨便找份工作、隨意活著，不要成爲討厭的大人就好。小灰呢？他會成爲怎樣的大人？那雙眼會永遠純眞，還是沾染憤恨？不對，一出生就沒報戶口，都無法上學了，他在這個世界上還能有選擇嗎？

窗外開始飄雪，霧白一片。小傢伙有記得圍圍巾嗎？河邊很冷的。遲到太久，他肯定凍壞了。我一路上狂奔，遠遠就看見小身影蹲在河堤邊，圍著我送他的那條大紅色圍巾。不僅如此，衣服、外套和鞋子都是我送的，在遠方的我一眼就能認出來，那麼顯眼。

雪花靜靜地下，在我呼出的水霧之間，我竟有一點想哭，眞好笑，我什麼時候變得這麼感性了？

那抹大紅色如此鮮豔，是我做的記號，一眼就可以看見，好像不管他在哪，我都可以一眼就找到他。

他似乎看見我，站起身，卯足全力喊：「我以爲你不來了！」

我氣喘吁吁地喊：「你哥是那種食言的人嗎！」

「你遲到了！」

「遲到是人之常情！」

跑太快了，我喘著，慢下腳步散步過去。剎那間有一台黑色廂型車駛近，停在小灰身後，他還毫無所覺地向我揮手。我下意識覺得不對勁，跑起來喊：「小灰，過來——」

無數個黑衣人下車，右臉有刀疤的男人走在前頭，身後是一群凶神惡煞的討債集團。我認得他們的臉！常常到隔壁討錢的。

他們抓著小灰，將他拖進車裡，小灰驚恐地掙扎，「哥哥！哥哥！」

很快地，廂型車發動引擎開走，我瘋狂地跑，人生中從沒跑那麼快過，書包扔到一旁的草叢裡，邊跑邊喊：「操！停下來！停下來！給我停下來！」

我在後頭死命地追，心臟狂跳，快要喘不上氣，腳步卻無法停止，我一直喊：「還給我，把他還給我！小灰！小灰！」

拜託。

拜託。

不要走。

從河堤追到馬路，直到我們之間的距離被無限放大、直到那台廂型車化作遠方烏黑一點、直到我再也跑不動摔在馬路上……

我最珍貴的小灰。

我弄丟他了。
我的時間就像結冰的河面一樣，永遠凍在那一天。

第二章　朝與暮

親愛的聖誕老公公

我想和哥哥永遠在一起，不管去哪都可以。

二○一二年十二月二十五日，小灰

「蘇哥，處理好了。」

「怎麼弄那麼久？」

「遇到一些問題，那老男人拿假鈔騙我們，張三氣不過，差點沒把他揍個半死。眞鈔藏在床底下呢！肯定是今晚準備要跑路！」小四答道。

「拿到就行，走吧。」

「老男人說要把他女兒賣給我們抵債，他感覺是眞的被逼急了，這種話也敢當著女兒的面說出口？我看那丫頭也不過十一、二歲。他哭著說，要賣掉臟器還是抓去當雛妓都可以，任我們處置。」小四說個不停，「張三答應了，說每戶這樣討錢簡直要累死，若能少流一些辛苦汗，何樂不爲？」

「跟張三說，他要是動了那小女孩，下個被挖臟器的就是他。」

「是、是……咦？」

✦

南方，市中心。

五光十色的招牌點亮道路，霓虹迷亂了眼。都市入夜後依舊燈火通明、車水馬龍。黑色轎車沒有駛入繁華鬧區，反而彎進郊區小路，遠離人間煙火，不問喧囂。最後在一間鄰近山區的普通民宅前熄火，對於講求排場和面子的黑社會而言，這棟民宅太過樸素簡陋。

抖落菸灰，電話撥出，「李胖，是我。你今天開計程車時有沒有看到——」

「算我求你，別再問了，我天天問灰眼睛的乘客名字，問到快被當成變態了。有的話我恨不得直接載去你面前，不管多遠我都載去，我說眞的。」

空氣裡出現短暫靜默。

「蘇千里，明秀說你放醫生鴿子，那是明秀靠關係給你找的醫生，你別牴觸，去看看，我們這群兄弟見不得你這樣……」

「李胖，我掛了。幫我轉告明秀，抱歉我浪費他的好意。」

「你差不多該脫身了，別再糟蹋自己的人生！」

我下了車，皮鞋踩在草地裡，下午下過一場雷陣雨，泥地還溼著，每走一步，泥水就吞噬鞋面一寸。我笑道：「做這行哪有那麼容易脫身？一旦淌進這渾水，就徹底髒了。」

「林松也有話要告訴你，他讓你別再往社福機構送小孩，快滿了，捐錢的人太少，收支失衡。」

「那你幫我告訴他，這週我再送一個女孩過去，大概十二歲吧，錢差多少我能補。」

「不要！他那張嘴多可怕！要講自己去講。」

「我也挺怕的，眞好笑，不怕什麼刀槍，偏偏怕那張嘮叨的嘴……」

李胖沉默了很久才開口，「我知道你是爲了找到他進這行，也知道你拯救那些孩子是出於補償心理，但是夠了，蘇千里，已經八年了，放下吧，你不能再停滯不前。」

「李胖，我眞的睏了，下次說。」

掛斷電話後，我懶得清洗鞋縫裡的泥土，將鞋直接扔在門口，擲筊似的一正一反。整個人蜷進棉被裡。

還不能失望，還不能放棄。如果我撒手不管了，我記憶中那張稚嫩的臉孔、殘存的五官，就會變得更模糊不清。我怕哪天我眞的想不起他，那我眞的無法原諒自己。

十八歲的冬天，我摔在馬路上，手機摔得支離破碎，記憶卡被開過去的車輪輾扁。

小灰的照片只剩下我傳給林松的那張側臉，我就用那張照片，找遍天涯……

以下說的，是我毅然決然成為魔鬼的故事。

忘了那天我是怎麼從大馬路走回家的，我的口中不停念著車牌號，不斷重覆，深怕自己記錯任何一個字。然後敲著隔壁的門，一下又一下，敲得比討債集團還用力。十指都凍僵了，加倍的疼。

無人開門，我又敲著他們家的暗號，叩——叩——叩——叩、叩。

幾乎快把門給砸了，門才拉開，我立刻質問，「你們把他賣到哪裡？」

小灰的母親假笑，「同學，我聽不懂你在說什麼。」

「他在我面前被抓走，我報警了。」

女人立刻垮下臉罵，「關你什麼事？那是我兒子，我說的算！我怎麼知道會被賣去哪裡，那破娃兒居然只能抵那麼一點錢，尾款還是湊不齊！」

「你們還是人嗎！」

「不過是玩了幾個月的兄弟遊戲你就當真了？笑死人！」

門被甩上，我還在不停敲門，撕心裂肺地喊：「我還！我幫忙還！你們讓他回來吧，求求你們讓他回來！」

日子還在過，一天又一天。

我已經以目擊證人的身分出入警局好幾次，結果卻是千篇一律——警方沒找到他。他們說那車肯定是黑車，車牌號幾年前就報廢了，查不到車主。

調閱大馬路上的監視器，也沒見那車經過。

有個警察說：「我看了幾天幾夜的監視器畫面都沒看到。要我講，我們從來就玩不過黑社會的手段。」

另一位警察也道：「別找了，找不到的。更何況他是黑戶，資料庫根本沒他的名字或指紋，要怎麼找？要怪，就怪他出生在一個貧窮人家。」

是媽媽攔住我，我才沒衝上前揍他。我發狂地喊：「貧窮是罪嗎？你這樣也算警察嗎？」

雪花漫天飛舞，積了一地。

我和媽媽走在大街上，媽媽久違地牽住我，「你長大了，有責任感，也有同情心了。」那雙布滿皺紋的手稍稍用力，「但是人的一生就是反覆無常。年少的傷痛，等你到我這個歲數啊，就什麼都記不得了。」

我緊緊抓著手中的花白塑膠袋，說不出話。

「媽媽也希望小灰平安無事，但我更希望你好好過日子。安穩長大，再找個好女孩，我就心滿意足了。所以別天天往警局鬧，就當是爲了你媽，忘了這事吧。」

我沒說話，一路安靜地走回家。

鐵皮屋頂覆蓋著白雪，放眼望去一片皚皚。

房裡的鉛筆和練習簿還擱在原地，旅遊圖鑑也放在地上，就好像週末那孩子還會出現一樣。

我心裡的某一處塌陷了、不完整了。

我一頁頁翻著練習簿，那時天天笑他字醜，可他歪斜的字跡逐漸有了秩序，他在學習，他在進步，他在長大。

留有筆跡的最後一頁，右下角有他寫下的、小小的三個字——不要走。力透紙背。他連挽留我的話都不敢說，只能用力寫下。

那瞬間我近乎潰堤，大鬧了一場，從他母親那拿到地下錢莊的名片，撥電話過去卻是空號。女人絕望地笑，「沒用的，他們三天兩頭換號碼，每個月還是固定找上門，逃不了，像無盡的夢魘。」

我拎起球棒，過度的悲憤讓我忘了害怕，隻身前往名片上的地址。

那時的我有勇無謀，下了公車，放眼望去是一片荒涼墓地，沒有屋宅，烏鴉掠過天邊。

地址是假的。

陰風惻惻地吹，我雙腳一軟，跌在墓地旁。第一次感受到十八歲的我力量多薄弱。

那段日子我過得渾渾噩噩，連學校也不去，最後是明秀惡狠狠地來找我，「我本來不想管你的，但你眞的太誇張了，你要爲了那孩子搞成這樣嗎？」

「你幫我想想辦法吧，你聰明，肯定有什麼好方法。」

「蘇千里！你振作一點行不行！」

「我弄丟他了，他就在我眼前，可是我還是弄丟他了……」

「警察會處理的，你先把日子過好，肯定會找到！」

「不會處理。他們說找不到，沒線索了，再也找不到了！」

我窩囊地抓著明秀哭，像個小娃娃一樣，那是我第一次在別人面前這麼脆弱，明秀也嚇壞了，任由我哭溼他的襯衫。

深夜，寒風刺骨。

明秀離開後，我坐在玄關發愣，想著我曾在這裡保護小灰，阻止他被賣掉的命運，那時的我特別得意，信誓旦旦自己能保護他一輩子。諷刺，多諷刺。

「臭婊子！收尾款！尾款總該湊齊了吧？」

以前只覺得恐怖的索命叫囂，如今卻成了黑暗中唯一的繩索。

隔壁夫婦死不開門，我從門縫中看見他們掏出工具，三兩下撬開小灰家門鎖，那對夫妻哭喊著求情，說再給一個月，小孩都賣了，至少得放寬期限。

我放輕腳步走到小灰家門前，看見領頭的男人逛了一圈，抽出廚房的刀，欣賞刀鋒冷光，「不等了不等了，等到花兒都謝了。知道花謝後會出現什麼嗎？」

夫妻怕得連一聲「救命」都喊不出口。

「會出現雙倍的保險金！」

男人愉悅地行凶，視線所及最後只剩下噴濺出來的鮮血，活生生的人就沒了。

那畫面對年少的我而言震撼至極，就算是打群架我也沒這麼恐懼過，我不停地發抖，想逃，卻發現自己牢牢站在走廊上，腳移不開半毫。

「誰啊？什麼時候站在那的。」

「小灰、小灰在哪裡？」

「誰？」

「這家的孩子，你們把他抓去哪了？」

男人淫蕩地笑，「早就被賣了吧！估計正在某個人的床上玩得起勁呢！」

「賣到哪！」

男人抹掉臉頰上濺到的血，露出滿口黑牙，朝我臉上吐一口水，「誰知道？這家又不是我負責。」

「每次來討債，右臉有刀疤的男人呢？讓我問他一句就好。」

「我他媽不認識，別擋路！」

「跟著你們走，就能見到他嗎？」

黑衣大哥們哈哈大笑，「小老弟，你是怎樣？毛都沒長齊，是想被揍？夜路走多了，沒想到還眞會碰見個奇葩。」

男人不耐煩地道：「走了，吃宵夜，多叫點妹來。」

不行。不行。我拉住男人襯衫的一角，絆得他踉蹌，他眉頭一皺，隨即咧嘴笑。轉身徑直揮出拳頭。赤手空拳的我很快被打趴在地，拳打腳踢與粗俗的辱罵密集落在身上，讓我的意識飄到遠方，連害怕都來不及。

我躺在冰涼的長廊上，看盡屋內慘絕人寰的光景，正巧和斷氣的女人對上眼。

男人蹲下，用鞋尖踢踢我額頭，「站起來，我沒想直接打死你。」

他的手下都在笑，「暴哥，你哪時手下留情過？」

刀尖輕點著我的脖子，他灌起手中的烈酒，「同學，一想到要送你上路，我還挺不捨的啊。先說好，做鬼別來找我！」

不能死在這裡。還沒找到小不點，我不能就死在這裡。

我拉住他褲腳，牙關顫抖，「求你……求你，就問一句小孩去哪了，就問一句話而已。我什麼都願意做。」

我和那男人四目相交。

瞬間，我將一枚磁磚碎片刺入他的小腿，那是我剛剛臥倒時摸到的。我刺得很深，血一湧而出，原來人的血液是溫熱黏膩的。其他人見狀要衝上前揍我，卻被暴哥大聲制止。暴哥哀號著，「啊啊啊啊痛死人啦！哈哈哈哈！哈哈哈！」

他在笑，他居然在笑。邊笑邊把烈酒灌個精光。

「我愛死你的眼神啦！小子，你不錯，瘋起來肯定無人能擋！」

✦

我沒見過幫派的老大，只知道暴哥說一，沒人敢說二。他更像是實質的掌權者，該做的、不該做的，在暴哥手下我都幹盡了。

幫派太大，成員多到數不清，我接觸的不過是冰山一角。

有次暴哥躺在沙發上聊起那晚，他說他在我眼裡看見了火，憤怒不已的火焰。星星之火，可以燎原。他想看看我這把火，能燒到什麼程度？

那年，我一心想見到刀疤男，只有他知道小灰的去向。我跟著暴哥走，再無回頭路。沒想到卻得知刀疤男失蹤了，下落不明，就在帶走小灰的那天。他中途讓其他兄弟下車，獨自前往交易，從此杳無音訊。

暴哥事不關己地抽著萬寶路，「要找一個背離光明的人，你得走在夜路上啊。」

令人生氣的是，我竟無法反駁，只能任憑自己一點一滴沾染罪惡。

我入行時的搭擋叫猴子。他特別開朗、灑脫，總是坐不住，一興奮就蹦蹦跳跳。他說他從小立志做個江湖俠客，沒想到最後誤入歧途幹了這行。

「也罷，反正都和家人鬧翻，就硬著頭皮幹吧！」

大家都笑猴子是個傻子，以捉弄他爲樂，我卻慶幸我的搭擋是他。猴子有人情味和柔軟的心，使我不至於忘記自己還是個人。

我進來幫派的目的只有和猴子說過，他聽完就哭得一把鼻涕一把眼淚，「太感人了，居然是爲了失散的弟弟！」這燃起了他的俠客之心，發誓一定幫我找回小灰。

猴子特別能裝熟，主動幫我打聽刀疤男的下落。他得知刀疤男之前很受上頭重用，做了有十五年，大家都叫他「刀面」。聽說鬧出事後逃走了，幫派也在找他的下落要算帳。

「不是金盆洗手？」我問。

「不是，上頭有帳本，聽說他捲款逃跑，獨吞人口販賣的錢，交的還是假貨。」

「假貨？」

「大行李箱裡裝的是玩偶，沒有小孩。」

「小孩呢？」

猴子搖頭，線索到這裡就斷了。

猴子不斷鼓勵我，說他會繼續追查，不要感到挫折，也不能放棄，既然小孩沒交出去，那肯定還活著。

我和猴子一起歷經幾個出生入死的場合。上頭把我們當拋棄式打手，閃刀、閃磚頭，運氣不好還得閃子彈，偶爾被叫去火拚，偶爾遇到欠債人要同歸於盡。

記得有次，欠債人倒了一屋子汽油，幾捆鈔票擺在桌上，當成人生最後的籌碼，瘋狂地喊我們自己進屋拿。

大家都知道他是認眞的，沒人敢進去送死，暴哥卻推了猴子一把，猴子跌坐在地，衣褲沾滿汽油，臉色慘白。他匆忙地看我一眼，眼裡全是絕望。

猴子驚慌失措地爬起身，朝著鈔票飛撲，再衝刺出來——比不上打火機墜落的速度。

縱使我在第一時間急忙滅火，猴子的雙腳還是嚴重燒傷，不良於行。

猴子被送進醫院，苦笑，「也許這是因果報應，幹這行的人都有報應，遲早的事。」

那次之後，我們留下遺書、起了誓約。如果他死了，我幫他照顧遠方的家人；如果我死了，他幫我繼續找小灰。

在這裡，談論「死」並不晦氣，每日每夜都有人死亡。忘了誰統計過，世界每秒就有一．八人死亡，我覺得在這裡，死神更加速了祂的效率。黑社會的人來來去去，活著全憑實力和運氣。我偶爾想，在這腥風血雨的世界裡，只要有心腸軟的猴子在，我就還能撐下去。

有次我和猴子一起去某戶催債。看帳單已經遲了三個月未交利息，甚至沒還上本金。錢滾錢，數字的遞增令人窒息。

按了許久門鈴，開門的是外籍女性移工，她用不熟練的中文說：「下個月一定、一定！」

「四十七萬五千。」

我念出帳單上的數字，她突然被迫面對現實，用力咬著嘴唇，面容憔悴。接著衝進房裡拉出一位小男孩，「阿Wa，阿Wa，多少錢？」

「妳要把妳兒子賣掉？」猴子不可置信地喊。

男孩還小，聽不懂中文，只是不安地抓著衣服下緣，不知媽媽為何情緒激動。

「賣了他，可以抵三分之二的債，妳想清楚了？一旦賣掉，此生再也找不回，妳有信心妳不會後悔？」我冷靜地說完，那女人連忙點頭。

我蹲下和男孩平視，「你叫什麼名字？」

終於聽懂一句中文，男孩開心，「阿Wa。」

「全名是什麼？」

「沒有名字，沒有報戶口……就叫阿Wa。」女人說。

天真的男孩不會知道他未來的命運，沒有國籍、沒有姓名、沒有出生於世的痕跡，被教育和醫療拒於門外，光照不進的社會底層。這就是長大的世界，小朋友，你會嚮往嗎？

「好，賣掉他，這樣妳還剩十六萬。」我說：「給妳五分鐘簡單收拾他的行李。」

女人跑進房收拾。猴子急了，「算了吧！下個月再來就好，大不了被暴哥揍一頓。」

我置若罔聞，女人把一個提袋塞進男孩懷裡，說了一句外語，意思類似媽媽愛你。

男孩慌了，伸手想拽女人衣角，沒能拽到就被我在半空攔截，我拉起小孩的手往川流不息的馬路走。

男孩在掙扎，頻頻回望，似乎是不懂媽媽爲何杵在原地呆看他被陌生人帶走。

猴子快急哭，「蘇千里！這不像你……」

紅燈亮起，男孩邊掙扎邊哭著喊媽媽，小孩根本抵抗不了大人的力量。不一會，女人追上來了，只穿了一腳拖鞋，另一腳掉在家門前，氣喘吁吁地抱住孩子。蹲在地上求情，「取消、取消，不能沒有阿Wa！不能……」

我緊握著孩子的手不放，也不管她聽不聽得懂這串中文，「因爲妳的一念之差，再也見不著他了，今天有猶豫的時間，下次呢？如果他們開車來，妳他媽追也追不上！孩子對妳來說這麼輕易就能放棄嗎？或許他能讓妳緩口氣沒錯，哪怕一次，一次也好，妳有站在他的立場想過嗎？妳有想像過他被賣掉後的人生嗎？

「我告訴妳，有些人被挖臟器，幸運的還活著，不幸運的就因爲感染而死；有些人被賣去色情行業接客；有些人被囚禁從事非法工作；有些人加入我們，可能死在某場亂鬥或路邊。想像這些畫面之後，妳還能如此輕易賣掉他嗎？」

女人哭著扳我的手指，路人逐漸聚集圍觀。猴子著急地硬拉我走，雜音漸遠。他問我想去哪？我說我哪都不想去。於是他自作主張帶我去了一條野溪旁。我們沒有對話，只有溪水潺潺聲響。

最後猴子耐不住沉默，「你想給她一個教訓啊？」

「有些人就是要失去了才會害怕。」

「我剛剛窮緊張，以為你瘋了。」

「做這行遲早要發瘋。」

猴子默認，從包裡拿出一份漢堡丟給我，「你弟弟是怎樣的人？」

「他乖，純真又聰明，目光特別寧和。在他眼裡我看見一大片草原。」

忘了猴子說什麼，大意是，「草原真好，你一定要找到他，草原才會發光。」

某天深夜，我被暴哥叫到碼頭邊，貨櫃裡約莫五、六人，猴子雙手被綁住，站在牆邊瑟瑟發抖。

暴哥灌著酒，朝我招手，「歡迎歡迎！今天的主人公！」

「怎麼回事？」

「還能是怎麼回事？」暴哥笑著，槍口瞄準我額頭。

我瞪大雙眼，恐懼瞬間傾瀉而出，快要窒息，身體不敢輕舉妄動。

猴子喊出聲：「我說了，不關他的事！是我擅自要調查刀面，蘇千里他、他什麼都不知道，放過他！」

「有人密告，你們倆在調查我們幫派的叛徒，不找別人，偏偏找那個捲款逃走的叛徒，你覺得上頭會怎麼想？會感謝你們幫忙抓叛徒？不會，只會懷疑你們彼此勾結，懷疑你們早就認識。蘇千里，特別是你，刀面前腳剛走，你後腳就進幫派，真巧。」

「暴哥，你在說什麼？你明知道當年我是為了找被他帶走的小孩才……」

暴哥裝傻，「我不知道，我什麼都不知道啊！」

我看著槍口，冷汗直流，倏地明白狀況——今天就要一具屍體交代，事實不重要。

他湊近我耳邊，「小子，我們都是狗，上頭一下令就乖乖聽命的狗。但是身為領頭犬，我還是挺惜才！」

暴哥將另一把槍塞進我手心，「舞台我都搭好了，給你個機會表演。殺了他，證明自己的清白。」

「什麼？」

暴哥在笑，心照不宣地笑，眼神像在歌頌，邀我一同成為惡魔。

我轉頭看向猴子，身為長達三年的搭擋，我們早有眼神交流的默契。一眼我就知道，他明白了。

「記得我們的承諾吧？家人就拜託你了。最後不是死在荒郊野外，而是死在你槍下，是不幸中的大幸吧。」

我搖頭，不停搖頭，拒絕這齣鬧劇。腦袋很混亂，快想有什麼方法。

「猴子，一起逃吧，想辦法逃出這裡。」

猴子明白他今天注定要赴死，明白他必須一人擔下責任，還配合著演戲。

「不可能，他們身上都有槍。我這雙爛腿能跑多快？媽的……我真的怕死了，但是我這樣真的很像仗義的俠客吧？是英雄吧？好像稍微能抬頭挺胸面對家人了。」

暴哥把槍口抵上我的太陽穴，「不開槍嗎？不開槍的話就換我開槍囉？」

為什麼？為什麼會走到這個地步？

暴哥笑著耳語，「幹這行的啊，最忌諱被別人抓到你的軟肋，小老弟，以後記得藏好一點。」

我的腦袋嗡嗡作響，什麼都無法思考。猴子靠在牆邊不停發抖，害怕到已經嚇尿了，地上是一灘黃澄澄的尿液，其他人不斷取笑他、拿手機拍照。

暴哥說：「哎呀呀，我還沒教過你怎麼開槍殺人呢！難怪手抖得這麼難看。我沒教好，是我的錯。我只教一次，看清楚了……」

暴哥站在我身後，命令我動作，我顫顫巍巍地舉起手槍，彷彿有千萬斤重。他握住我顫抖的雙手，子彈上膛，將我的食指扣在扳機上。

「猴子，快逃，求你快逃。」

猴子望著我擠出一個絕望的笑容，朝我點頭。那瞬間我有種錯覺，不管是我，還是猴子，都是砧板上待宰的魚。

「好搭擋，祝你長命百歲，我先走一步啦。」

砰——

槍聲迴盪在貨櫃裡，震耳欲聾。

暴哥在我耳邊吐出烈酒氣息，「你看，開槍殺人就是這麼簡單。」

我被硬生生剝掉身上最後一點人性，終日與刀槍、血、菸酒、金錢爲伍。我一次次低頭看著沾滿鮮紅血液的手掌，看著上吊了結的欠債人，心想，我到底在幹麼？走了這麼遠，就是爲了過這種生活？拿槍的手甚至長出了繭，我一直洗手，不停洗手，想洗去血味和老繭。我在放棄與堅持之間反覆橫跳，天天惡夢纏身，那段荒唐歲月活得像把失控的槍。

絲綢的酒店床單，過於低溫的冷氣。

美恩叼走我嘴上的菸，「你說的尋找男孩的故事，一直沒告訴我結局。」

我看著手掌那個鉛筆刺的傷疤，「妳猜。」

美恩笑了，跨坐在我身上扭擺腰肢，「我覺得小男孩死了，早就死了，屍骨被埋在冰封的雪原、大霧瀰漫的山林，或被鬣狗全嚼碎了。那麼多年，化爲灰也找不到。」

女人媚態盡顯，喘息著說：「但我更好奇男人的結局，好可憐，前半生的赴湯蹈火全是白費。」

「美恩。」

「嗯?」

「聽說北美洲有一種蟬，要在土裡蟄伏十七年才破土飛出。」

「哈嗯!慢一點……」

「要先挨過不見天日的黑暗才能找到光明，絕不是白費。」

她抖著身，待高潮過後，緩過神才說：「蘇哥，這種話說得越冠冕堂皇就越虛假。」

完事後，美恩躺在床上抽菸。她問我，一個年近七十的老人，還要過多少年歲才會老死。我說，與其寄託縹緲的希望，不如相信刀槍。

「我討厭凶殘的手段，必須是意外。」

「妳要殺人？」

美恩笑而不語，湊上前躺在我的胸膛，「誰跟你一樣。小心點，要是哪天有人找上門讓我殺你，我會在床上，神不知鬼不覺地動手。男人做愛時最誠實也最脆弱。」

美恩的手機響了，是暴哥打來。她不甘願地起身穿內衣，離開前問一句，「我覺得，男人愛著小男孩。我猜對了嗎？」

漫長的等待，總算迎來了不可多得的機會。

暴哥將照片丟到我面前，「上頭下令殺了這叛徒，哈！藏那麼久終於被發現了，真會躲。現在心情如何？是不是很興奮？」

照片中的刀疤男好陌生，神色驚惶，比起八年前虜走小灰時老太多了，感覺在一瞬間蒼老。

終於、終於在黑暗中看到一道曙光，我內心激動地拿起那疊照片，指尖甚至在顫抖。

暴哥拍著我肩膀，「上頭很看重你，小子，好好幹！你說我當年眼光怎麼這麼好呢？一眼知道你會成材！」

竹林間起了風雪，凍得叫人失去方向。四周銀白，靜得彷彿杳無人煙，聽見的只有外頭的颼風下雪。

我朝佛堂喊：「別躲了，你出來吧！有事問你！」

無人回應。

我不耐煩地踱步，冬衣用麻繩掛在外頭，水槽有碗瓢未洗，灶爐有燒柴的灰燼，確實有人生活的蛛絲馬跡。

我走進佛堂，不大，內部昏暗，地上全是灰塵，一抬頭就能望見密密麻麻的蜘蛛網。眼前那尊觀音菩薩慈悲地笑著，外觀都生鏽掉漆了。多麼破敗荒涼。

刀疤男躲進這裡，似乎想尋求菩薩的庇護。我眞想問，若天有靈，會庇護我們這種滿身罪孽的人嗎？

我笑了，在菩薩面前點起一根菸。我才不信神，哪怕一次，祂都沒有悲憫我、回應我的祈求。

「去死吧啊啊啊！」刀疤男揮著刀，從角落衝出來。

我踢飛他手中的刀子，扭打成一團。他想置我於死地，拳拳到肉，不愧曾是幫派的心腹，身手矯健，尤其在攸關生死時，更是毫不留情。他試圖勒斃我，我的喉頭感到緊窒。

瞬間我朝他開槍，槍聲在佛堂迴盪，驚動了竹林裡的鳥，在風雪裡亂竄。

他的右手臂中彈，重心往後倒，一時之間爬不起身。

我蹲在他面前，撿起落在木板上的菸繼續抽，「他媽的，你拳頭還眞重。」

他精神有些失常，喊：「我就知道、我就知道仙境遲早會找上我！行，殺吧！我早就受夠了天天疑神疑鬼地活著！」

什麼「仙境」，莫名其妙，我將菸按在木板上熄滅。

「幾件事問你，乖乖配合，不殺你也行。」我打開手機給他看小灰的照片，「你八年前帶走的小孩，賣去哪？」

「我天天交易小孩，誰他媽記得！」

我揍斷他的門牙，把手機拿到他面前，「八年前，河堤邊，灰色眼睛的男孩。你還把人和大布偶調包了呢！想清楚再開口。」

「調包……原來是他，狡猾的小傢伙。」他吐了一口血，「我眞的不是故意搞砸的。是他拿頭撞車門想逃，撞得猛烈，我驚地大吼，他如果帶傷我也會完蛋。然後你知道那小孩做了什麼嗎？簡直像瘋子。」

那男孩很棘手。我就要金盆洗手了，都最後一票還不讓我好過。駛近南大壩，車內鑽入一股腥臭，像極了腐屍味。過了今天就能擺脫這條臭死人的南河吧？

從事人口交易那麼久，我唯獨怕「仙境」這個組織。深不可測。第一次交易是在大壩邊，有位小弟態度囂張得罪了他們。忘了誰先開火，最後我眼睜睜地看著小弟的屍體一個接一個被湍流沖走。

有人以我的個資脅迫我以後獨自前來，時間、地點和哪個小孩全由仙境指定，不得有異議。

我向老大告狀，老大卻說：「算了吧！你要配合，你得罪不起他們」。

仙境的消息私下甚至查不到。

難道爲了躲過人道救援和國際警察？不，若不是幕後組織夠龐大，絕對無法做到如此銷聲匿跡。

反正過了今天我就不幹了，再也不要和他們有糾葛。我從口袋摸出細針，「小孩，睡一覺，睡醒就出國玩啦！」

男孩的眼神很平靜，像一灘死水，「我不能出國，我哥會找不到我。」甚至還微笑，「你剛說我不能受傷，看來我們的命綁在一起。」

話音剛落，男孩拿椅座旁的螺絲起子捅自己。

我慌了，緊急煞車，殷紅的血很快在小孩的肚皮上擴散。他面色蒼白，抖著唇，「現在你只能帶著我一起逃了。」

「你在幹麼！仙境會殺了我！是你自己弄的，不關我……」

「你說十歲的小孩自己捅自己？」

我見過大風大浪，從沒這麼慌不擇路。男孩是商品，仙境挑選的上等貨，值幾十萬美金，開什麼玩笑，一旦交易失敗只有死路一條。

他們把小弟扔下南河的畫面還歷歷在目。

水壩就在不遠處，巴士已停靠多時，所有人都在等商品上車。離交貨時間剩十五分鐘，路卻只有眼前一條，死馬當活馬醫，我很快地倒空行李箱，塞進大布偶。剖開布偶熊塡充重物，棉花飛落一地。

河邊，笑容和藹的挑夫接過行李箱，「今天特別輕啊！」

「營養不良。」

冬季，南大壩依舊人來人往，有漁夫不畏急流釣魚，挑夫不會在眾目睽睽下打開檢查，一直以來如此。挑夫把一皮箱的美金給我，銀貨兩訖。

「交易愉快。」

我冷汗直流地扯出一抹笑，接著猛踩油門駛離。途中不停瞄後照鏡，看他們將行李箱抬進巴士裡。

那箱沉甸甸的美金，隨著路況在後座顛簸。先活命再說。可惡，我原本沒想捲款逃逸給幫派惹麻煩的。

又開始下雪。

男孩呼在車窗上的氣息漸弱。

駛經一座小廟，我將男孩和那箱美金扔下車。小孩滾到路邊草叢，一動也不動。然後我便揚長而去——

「厲害啊！害慘我了！根本是隻奸詐的小老鼠！」

我揪住他衣領，「你把他扔在哪條路？」

「南大壩，環河道路，往西開約半小時車程的一間紅色小廟。咳咳！我不懂，仙境爲什麼大費周章找八年前的孩子？」

「一句兩句仙境的，到底在說什麼？」

刀疤男愣住，「你不是仙境的人？」

「我是幫派派來的，爲了你捲走的那筆錢。」

「媽的，要不是那小孩，哪來那麼多破事，兩邊都要殺我！」刀面絕望地笑，「我還以爲肯定會先被仙境找到呢！」

「仙境到底是誰？」

「買家之一，我們抓來抵債的孩子，仙境會買走好看的『上等貨』，出手可大方了。聽說他們有個封閉的園區，在邊境，無人管轄的地帶。我猜也是繼續轉賣小孩，搞些交易，惡名昭彰得很。」

他接著說：「你要慶幸他死在路邊，如果落入仙境，那小孩一定也被某個變態當玩具買走了，生不如死。你很面熟……我想起來了，你是那時候追著車跑的學生，那時我盯著後照鏡看，想說你眞是鍥而不捨，眞是個好哥哥……」

在我動搖的瞬間，他摸到一旁被踢飛的刀子，反手捅入我的肚子。

「好偉大啊！居然追到這來，太偉大了！不知道弟弟在死前有多無助，你同情他、可憐他吧！」

我倒在地上，手死死抓住他的腳踝。奇怪的是，頭腦特別清醒，好像所有的執念、所有的迷惘終於找到了出口。

我的因果、我的業障，死後再來跟我算吧！至少在死前，我得活著走到有那孩子在的天堂。

我抽出腹間那把刀，大量的血立刻湧出，染紅了白襯衫。

人瀕死才活得誠實。我徑直往他胸腔捅下一刀，「是啊，我同情他、可憐他、對不起他，不只如此，我還愛他！」

我一邊捅，一邊瘋狂地喊，跪在菩薩跟前懺悔，「我愛他、我愛他、我愛他——」

那句禁忌的告白迴盪在佛堂間。紅塵萬丈，笑我痴癲。

我摀著肚子，跌跌撞撞走回車裡，純白雪地上拖著一條血痕。我冒著冷汗，不停發抖，用僅剩的力氣摔進車裡，撥通電話。

「李胖，李胖，我把定位發給你了，我知道你也在這座城市，算我拜託你，載我一趟吧……如果我還有一口氣，就把我送去明秀的診所，你知道我的身分不太方便去醫院。如果你來時，我走了……那就求求你幫我繼續找他。南大壩，環河道路，往西開半小時有間紅色小廟。是真的，這次是真的。李胖，我這一生也沒死皮賴臉求過誰，我就求你了……」

雪花凜冽，砸在車窗上。

喂，你倒在路邊，最後看見的也是如此風景嗎？白得要瞎了眼。笨蛋，怎麼能拿螺絲起子捅自己啊？我都不敢了，你哪來的勇氣？是看我用鉛筆扎自己學的嗎？哥哥真是身教失敗。老媽果然沒說錯，我活得一向失敗，不是個好榜樣。

好涼啊……春天快點來就好了。

第三章　碎石子與蜜

一場悠長的夢。

放眼望去是一片熱沙，金黃的沙丘叫人迷失方向。口很渴，水壺早已空了，我感覺雙腳越來越疲軟，使不上力。一腳深一腳淺，走沒幾步便倒下，硬生生吞了一口沙。該死的太陽永遠釘在上空，好燙。

我拉出頸間的指南針，它失靈了，失控地亂轉。

腦袋越來越糊塗了，我從哪來、要往哪去都不清楚，好像只是一直在找一片綠洲、找一個人。

我手腳並用，在沙地上爬行，不在乎看起來是否醜陋滑稽。不知道爬了多久，遠方終於有一片綠洲熠熠生輝，我不去猜那是不是海市蜃樓，直起身，痴狂地、用力地奔過去。

是的、是的，記起來了，這趟旅程一開始就沒有所謂的方向。

有聲音順風而來，是美恩問一句，「要是故事最後男人發現男孩死了，怎麼辦？」

我摀住眼，答道：「那就掘出他的骨肉，帶他回家。」

✦

我在一片溫暖中清醒。睜眼的瞬間看到的是結霜木窗，外頭風雪停了，大地復甦，陽光灑落窗台。我喃喃自語，「……天堂？」

「天堂你個鬼，你肯定會下地獄十八層。」

林松站在病床邊，居高臨下看著我。李胖坐在一旁拭淚，邊說他哭著飆車，客人都被他趕下車了。

明秀的白大袍上全是血，「麻藥還沒退，你暫時動不了，別慌。」

「眞可惜，你這人渣重獲新生了，看來連閻羅王也討厭你。」林松說。

「我眞以爲你要死了……嗚嗚嗚，車上全是血。」李胖邊哭邊說。

明秀看了看我，「千里，你的襯衫挺高級，看起來賺了不少，醫藥費等你康復再跟你算。」

「你眞的是個變態，我信了，你昏迷時嘴裡喊的都是『小灰』。」林松開口吐槽。

李胖和明秀雙雙附和，「變態。」

我突然覺得，還好我還有這群該死的朋友啊……

李胖載我前往環河道路。刀疤男口中的紅色小廟已荒廢，政府月底就要進行拆遷。附近居民提到，廟公死後小廟就沒人繼續修繕。

廟公當時年近耄耋，是位慈祥扶弱的人，除了照顧流浪貓狗，也照顧棄嬰。因年老行動不便，每週一固定有社工來照顧他的生活起居。

老婦回憶了許久，「我記得廟公死前廟裡有個男孩在養傷，懂事了，正好能陪老人嘮嗑。我和我先生還罵，那麼美麗的孩子誰捨得丟？怪的是，我們發現廟公死時，那孩子早跑得不見蹤影。」

李胖說：「太好了，八年前小灰肯定是獲救了。」

「但是他又不見了。」

我摸上廟宇外牆，油漆都剝落了，鋼筋外露，上梁搖晃，有燕子在那築巢。香爐、發霉金紙、燻黑的瓦斯爐、茅廁、青苔、螞蟻窩。

臥房翻出幾件泛黃衣服，小孩的，數量不多，看著像舊衣回收來的。如果廟公撿到小灰，照理來說也會撿到刀疤男丟的那箱鈔票，但房裡卻沒有，難道存銀行了嗎？又或者被仙境搶了回去？

我坐在通鋪上，手指撫過床板，想像小不點蜷著身子睡覺。床板凹凸不平，上頭積滿灰塵和木屑，我一直坐到日落西山才肯離去。

回幫派後，我因爲成功除掉刀疤男被上頭提拔。

酒席上，大家喝得酣暢淋漓，大醉一場。

小四負責開車，哀怨地滴酒不沾。他拉我一把，「蘇哥，發什麼呆呀？」

「沒事。我去外面抽根菸。」

酒過三巡，另一位大哥也在走廊抽菸。我恭敬地點頭，他笑了笑，「是你除掉刀面的？不錯，長江後浪推前浪，依你的能力很快就能領頭了。」

「您認識刀面嗎？」

「認識。我們還曾是搭檔呢！唉，沒事幹麼偷幫派的錢逃走，他又不缺錢，都要離開幫派了還搞這一齣。我知道他要退行時，還祝福他討個老婆過好日子呢！」大哥臉上有著惋惜。

我看著他，悄然按熄了菸，「他死前留了話，仙境。」

我看見大哥的表情有半分凝固，我接著說：「您知不知道仙境在哪？」

他彷彿頓時酒醒，立刻摀住我的嘴，左顧右盼，「噓！刀面的死和他們有關？」

我困惑，怕什麼呢？

他確定周圍沒人，才附在我耳邊道：「我當年以爲是刀面的胡話，沒放在心上，後來位置爬高了才有所耳聞。那裡夠嗆，查不出組織有多龐大、成員有多少人、隸屬哪個國家。權力甚至凌駕於警察和地方政府之上，無法無天。我只聽刀面說過，看他們能明目張膽占據那條環河道路，就知道政府也拿那個人蛇集團沒辦法。幫派也是，都只想息事寧人。」

「他們是做什麼的？人口買賣？」

「嗯，黑市知道吧？他們類似實體化的黑市，軍火、毒品、國情、性愛、人命……金錢至上，你想到的一切，都可以用錢買到。」

大哥不願多聊，神經兮兮地走了，仙境依舊是個謎。

幹了這行，知道底下水很深，黑白兩道交雜。但仙境又有多深？人口販子、地方勢力、金主、黑幫、警方、地方政府……利害關係勾結在一起，盤根錯節，魚幫水、水幫魚。

非親非故的，如何接近是個問題，但我猜，有一位惡魔也許有人脈。

夜色正濃，暴哥坐在車裡抽菸。我敲敲車窗，示意他搖下車窗。

「暴哥，知道仙境嗎？」

或許是這般開門見山嚇住他了，暴哥愣了幾秒，似笑非笑地打開車門，「進來說。從哪聽來的？」

「刀面。」

「你要找的人被賣到那？」

「差不多吧。」

他輕描淡寫地說：「去過呀，一個認識的軍火商介紹的，還眞是大開眼界。」

我就知道這個魔鬼會有門路，「我希望你幫我介紹，讓我進去。」

「哈！那麼多年，該說你是執迷不悟，還是有毅力？我眞是佩服啊！」

我捏著指甲，「暴哥，我沒有其他能拜託的人了。」

暴哥指節敲著車窗像在思考，「哈！這是你第二次求我。小子，你怎麼就活得這麼卑屈呢？我都替你丟臉。去啊！去玩。我能幫你，但不保證你回得來。」

✦

南大壩，洩洪巨響。稍微走近，便能感受到細密水珠的沁涼。

暴哥上前和司機介紹，說我跟他是稱兄道弟的關係，多擔待。司機帶著憨厚笑容，指著前方樹蔭下的小巴士請我上車。

「你不去？」

暴哥晃晃手中的酒瓶，和我道別，「不了，和美恩有約！」

巴士車身覆滿黃沙、髒亂破舊，裡頭很小，座位四十有餘。司機和座位之間有隔板，像押送犯人的專車，車廂還有經年累月的血跡。特別的是，車窗完全被黑色絕緣膠帶封死，不見天日。

任誰看都知道有鬼。

我剛踏上巴士階梯，想往回走時，一把槍抵在後腰。

「我和我大哥說件事，五秒就好。」

一位打扮如當地漁民的人，盯了我幾秒才把槍口移開。

「暴哥，我忘了和張三有約吃飯，如果他找我，幫我找個理由搪塞！」喊完，我視線往上瞥，默記太陽的位置。接著便被後方的槍口推著上車。

車一發動，就有人來沒收手機與電子產品。他們腰間全別著槍枝，在他們的監視下，手機、小刀、武器和尖銳物一律沒收，就連手錶也是，我全身上下幾乎空無一物，赤手空拳不免有些不安。

車門闔上，視線歸於黑暗，只能勉強從絕緣膠帶中的縫隙察覺光影變化，辨識是駛在陽光下或進了隧道。

爲了不讓人沿路記下路線，他們可眞小心。

剝奪視覺後，聽覺就相對敏感。能聽見司機閒話家常——午餐、股票、女人、餘興節目。還能聽見來回巡視的腳步聲、水杯晃動、呼吸和車內叮叮作響的零件。

「楊，地下室的老鼠們狀況如何？」

「昨天死了一隻，咬舌自盡，眞該讓你們看他多滑稽。」叫楊的男人笑著說。

老鼠，我猜那是指被擄走的人。

一路上走走停停，陸續有人上車，車位漸滿。他們應該有固定的時間，來載願意花錢尋樂的客人。

路況崎嶇，不斷顛晃。嘰——樹枝刮過車窗的尖銳聲響。是山路，我們在山林裡。

到底過多久了？歷經長途奔波，身體疲累至極，暈車的不適還沒緩過，就感覺到巴士逐漸減速。這時我聽見司機和門口守衛打招呼。

「我們到了。」

下車後，第一個反應是看向天空。太陽在左方，我推測車程約莫五個小時，差不多是邊境了。

雲氣濃密，身旁有一堆不知名的蟲鳴鳥叫。還有一具男人屍體吊掛在樹上，頭下腳上，螞蟻和蛆蟲爬滿他身軀，慘不忍睹，嚇得女士驚聲尖叫。

我猜其他人一定是常客，他們神情淡定，見怪不怪。

「抱歉，我們無意驚嚇妳，女士。一切都是爲了警惕其他試圖偷溜的老鼠。」楊裝作紳士地扶她站起。

聳立在眼前的是防逃刺網，如監獄一樣。門口有人配槍巡邏，氣氛肅穆。園區內只有一條小溪和一棟偌大的荒廢老建築，其他地方是一大片茂密樹林。不如我想像中的富麗堂皇。

販子們聚成一團抽菸，有人認出常客，對著隊伍笑得放蕩，「李先生！今天有一隻女老鼠包準是你的菜！」

我們一個接一個被搜身，確定沒有攜帶任何東西才放行。

走廊光線昏暗，設備簡陋，要摸著牆走才不至於絆倒。不一會兒視線漸亮，深處有一個上鎖的大鐵籠，平常用來關獅子、老虎等凶殘猛獸的那種。

如今居然關著人類，活生生的人。

他們渾身狼狽，像在沙場打滾的戰囚。孩子們抱成一團，躲在年輕女人懷裡。男男女女都慘白著臉，有人在哭、有人在顫抖、有人失了魂，還有孩子以爲在玩遊戲。

鐵籠裡，女孩新奇地問女人，「姊姊，他們是誰呀？」

女人抱緊她，「是蔓蔓的新家人。」

我被眼前的景象所震懾，說不出話，瞬間懂了暴哥一句「大開眼界」是什麼意思。

環顧四周，我看到了幾位大人物，縣長、議員、警察、富商、軍官、演員……正圍著鐵欄，神采飛揚地討論。

很快地，一位婀娜美女來到我旁邊，她說：「別東張西望了，第一次來這？」

那是一張豔麗光彩、典型的網紅臉——網路上似乎能找到幾千名相似的美女。我意識到這個想法很失禮，連忙回道：「對。」

「別說出去喔！看到什麼有權有勢的人都不意外，一旦說了，會沒命的。」她笑著做了一個砍頭的手勢。

「妳是常客？」

「算吧。我不想來，但……怎麼說呢，又必須見見大家？」

「見誰？」

「你這問話方式，」她皮笑肉不笑，「跟個警察一樣。」

「不想說就算了。」

「逗你玩的，我一眼就看出來你是個混子。好兄弟，你身上血味太重了。」

我嗅了嗅西裝外套，都是洗衣粉味啊，哪來的血味？

她優雅又慧黠地笑，「我眞好奇，你是殺了多少人，才擁有踏入這個罪惡殿堂的資格呢？初次見面，我是王太太，可以叫我秦兒。」

我遲疑一下，決定不報本名，「蘇哥。」

聚於此處的人很相似，外表華美，本質卻已腐壞。他們熟稔地湊一塊，也和販子交好，像極了上流社會的狂歡派對，一群人聊得歡快。

「李軍官，好久不見！謝謝你上次幫忙抓回那隻逃走的老鼠！他眞的很會躲，我們正愁著找他呢！」

「哪裡的事，我們要互助……」

此時有人說：「錢爹！錢爹來了！」

熱情的掌聲此起彼落，身穿昂貴皮草、戴墨鏡、頂著啤酒肚的中年男人大步走來。重頭戲正要開始，他示意大家靠近點，看清楚自己中意哪個。

錢爹喊：「記得，不是先搶先贏，喊價最高的人才得標！」

人們圍著籠子一圈，交頭接耳，像去動物園那樣由上而下俯視，自以爲高人一等。審視、打量、戲弄，動物們在透明玻璃內無處可躲。

穿著得體的男人蹲了下來，朝著籠裡問，「女孩，妳叫什麼名字？」

「蔓蔓。」

「蔓蔓跑得快嗎？」

女孩得意洋洋地說：「很快！」

「和野狗比賽的話，誰會贏呢？」

抱著蔓蔓的女人搖頭，哭著求，「不！這孩子腳開過刀，跑不快，她不能爲你帶來樂趣！拜託你不要……」

這時，錢爹示意大家退後騰出空間，接著巡視籠子一圈，拉出一個小男孩，「介紹我們今天的第一個拍賣品。十一歲，男，身高大約一四〇，從異國的服飾店帶回來的。聽說抓他的時候都沒掙扎呢，很乖、很聽話……好痛！」

男孩咬了錢爹的手，咬到都見血了，錢爹氣憤地扇他一巴掌。一巴掌不夠，還有第二、第三下，男孩被打得眼冒金星，倒在地上。

「我收回剛剛的話，痛死了！一一〇八，你來幫忙。」

大家哄堂大笑，像在看娛樂節目，還有人拍手叫好。

異國男孩爬起身，不停顫抖。我想他大概是聽不懂中文，不知道現在什麼情形，也不清楚這裡是哪裡，或許，他只是和母親上街買衣服，只是摸著一件橘色披肩，卻在一陣昏天暗地之後被帶到這。

我全身發冷，居然能從鄰國城市拐賣，他們的勢力範圍到底多大？小不點當初也是像這樣縮在牢籠，瑟瑟發抖，迎著那些不懷好意的眼神，等著人們一個個出價嗎？去哪了？你到底去哪了？

我壓抑著怒火，努力控制表情，趁機環顧四周，連角落都有人守著，防衛得滴水不漏，更不用說我們都是赤手空拳，沒有武器、沒有手機，毫無反抗能力，連偷偷錄音或錄影也做不到。

「蘇哥，你在找人？」

秦兒面帶微笑地問我。我感到悚然，在這裡不能相信任何人。

我沒回答。下一秒，我近乎窒息。

走出來的販子「一一〇八」，是個模樣乾淨清瘦的青年，大約十八、十九歲，少年氣還未褪盡，皮膚蒼白，眼瞳是美麗的灰，神情淡漠。

他開口道：「開始競價吧！」

他長大了。個子抽高，變聲了，從男孩變成小男人。

糟糕，眼淚好像要流下來了。不是我瘋了、生出幻覺了吧？

曾經一度模糊的五官現在如此清晰。你知道嗎？我無數次想像過長大的你會是什麼樣子？不停描繪你的眼、鼻、嘴，就怕在人海中與你擦身而過。而你遠比我想像中更好看、更迷人。

沒有一天不想你，眞的，我翻遍各個陰暗角落、髒亂街角，殊不知你原來就在那束鎂光燈下。

一旁的秦兒問，「怎麼看得那麼入迷？你想要那個會咬人的小東西？」

我看著台上的青年，「嗯，我想要。」

「三萬。」

「出價三萬。」

「十萬。」

「出價十萬。」

「十二萬。」

「出價十二萬。」

「十五萬。」

「出價十五萬。」

「十七萬。」

「出價十七萬。」

「十九萬。」

「出價十九萬。」

競價聲此起彼落，青年的聲音毫無起伏，宛如機器人，僅是冰冷地復述出價。他問，「還有人要出價？」

一片寂靜後，他舉槌敲鐵欄，「十九萬一次，十九萬兩次，十九萬三次，恭喜得標。」

小男孩被架著胳膊拖走，掙扎間，一腳的白布鞋掉在台上。他在哭，講了一大段外語，我聽出「媽媽」的音節，接著他又用英文喊「Help」，直到聲音越來越微弱。

秦兒說：「你想要又不喊價，被別人搶走了吧！如果缺錢，姊姊可以先借你一些喔？」

搶走？開什麼玩笑，從來沒人可以搶走他。

青年在鎂光燈下迷離奪目，他看了眼男孩被拖走的方向，接著彎下腰，撿起布鞋扔進一旁垃圾桶。

燈光灑在他的髮梢、灑在他的睫毛，看一眼就要淪陷。

我舉手，「我要喊價。」

「物品已成交，請在競拍時間內提——」青年的聲音堵在喉嚨。

八年了。很久對吧？

「小朋友，我想買你。底價是多少？我來出價。」

群眾譁然。

秦兒拉住我喊：「你瘋了？仙境的人動不得，你會沒命的！」

青年似乎是太過震驚，遲遲沒有開口。一陣靜默，半晌，他才回過神來，拚命裝得神色自若，「先生，謝謝你的玩笑，但我不是拍賣品。」

台下鬧哄哄的，眾人吹起口哨，一副等著看好戲的模樣。一旁的販子們都在調戲，

「一一〇八，又一個饞你身子的！你不當老鼠了真可惜！」

他冷冷瞟一眼，「不好笑。」

台下都是可惜的嘆息聲。拍賣繼續進行。

小灰一直迴避視線。每當我們四目相交，他總不知所措地移開。他心不在焉，他在動搖。

「我是好心提醒你。」秦兒神情嚴肅，「不要跟仙境的販子太親近，他們凶惡、殺人不眨眼，但也和被囚禁的老鼠沒兩樣，終生綁在這裡，一踏進圈子就出不去了。有人可能騙你的心，說要和你遠走高飛，要你幫助他們脫離，最後你會死的。相信我，完全就是仙人跳！仙境的眼線無所不在，你不能動他們的人！」

「嗯，我看著辦。」我說。

秦兒看起來像後悔和我搭話了。

冗長的拍賣會結束，人潮湧向出口。錢爹包紮完回來了，我看見他和警官握手。警察和人口販子握手，意思再明顯不過，正如我在道上見過多次的，黑白兩道相互關照，讓被害者求救無門。

其他人在安排商品的運送——陸路或海路、如何避開檢查、時間與地點、誰來接應。

有人在清點大鐵籠裡沒賣掉的，人命變成一串金錢數字——繼續關、送到南方、生病的不要了……

我逆著人潮，跨過無數張椅子，徑直走向他。守在角落的販子們見我靠近，手按向腰間的槍枝。

青年發現了，著急地喝令，「站住！」

「怎麼啦？」錢爹走來。

小不點連忙說：「沒事，我處理。」

錢爹在打量我。墨鏡底下無聲地巡視，不懷好意。

「生面孔，誰介紹你來的？」他友好地朝我伸出手，那隻手和我一樣，黝黑、布滿傷疤、瘡口、老繭，是同類。

我握上他的手，「暴哥。」

「暴哥！那你也是貴客呀！」他兩手一攤，神情冤枉，「怎麼兩手空空，今天的商品不滿意？」

「事實上，我有其他想要的。」

「行，地下室更多，平常地下室不給客人去的，既然是暴哥介紹，走！讓你挑到滿意！」

「不，就他。」我指著小灰。

嘈雜的會場一下子鴉雀無聲。

秦兒跑來要拉我走，「抱歉，他是第一次來，如果有得罪請見諒。」

「王太太，妳得告訴新朋友一些規矩呀！」錢爹笑著和秦兒說。

他摸著胸前的金項鍊，嘴角在抽動，對我笑，「一見鍾情啦？可惜，一一〇八歸我管，是我的好手下，他呢……狀況比較特殊，不能離開園區，擅離職守他會完蛋的！」

「您們一天工資怎麼算？」我掏出金融卡，「我多出幾倍。」

見我這般不屈不撓，錢爹沉默了。長年在道上混，感受得到他是笑面虎，也感受得到背後幾十把槍的硝煙味，好像我再多說一句，就會死無葬身之地。

小灰蹙眉，微不可察地搖頭。壞習慣，從小就愛皺眉。

錢爹問，「你能出到多少？」

「多少都可以。」

大鐵籠被拖去後台，賣不掉的商品就會被淘汰。後台傳來槍聲，孩子們的哭聲戛然而止。一旁的秦兒抖了一下。

錢爹安靜了很久，才開口：「既然是暴哥邀請的，我也不想你敗興而歸。希望你理解，我們有自己的規矩，有一人違反，就會有第二人，人性就是如此，那樣我可頭疼了！這樣吧！三萬現場付清，我就把他讓給你一天，但明天午夜十二點前，必須把一一〇八帶回南大壩的巴士上。我勸你最好綁上繩子，這孩子有逃跑前科，他若逃了你必須負責，就算你是尊貴的客人也不例外。」

還眞是獅子大開口。「可以，我買，謝謝錢爹。」

他笑著點燃雪茄，「恭喜得標。」

然後他拍拍小灰的肩，「換作陳總，我相信他也會這樣做，生意親自上門，沒有不做的道理嘛！一一〇八，別怨我，這不過是你原本的命。」

離場前，楊過來攔阻，「抱歉耽誤各位，根據我們伙伴的調查，這裡似乎有人不安好心，刻意混進來。」

大家面面相覷，無聲試探。楊沒急著揭露，反而吊兒郎當地走過每個人身邊，慢條斯理地填好六發子彈，沉聲靜氣地說：「爲什麼總是有人想破壞我的家呢？」

頃刻，子彈飛出，前方的女人腹部中彈，野草染上血紅。

「我們尊貴的記者朋友，勞煩妳來這麼多趟了，收穫如何？」

女人哀號著，「惡、惡魔，我一定會揭露你們的……」

人潮中，禿頭男人刷白了臉，「怎麼可能，她明明是核電的投資商！」

「所以，爲什麼不經查證就把她帶來？」

聽了那話，禿頭男人下意識地逃，慌不擇路，跌跌撞撞往樹林跑。

楊將腰間的小刀丟給小灰，「一一〇八，收拾殘局。」

我看見小灰面無表情地握住小刀，擺正姿勢，沒有一絲猶豫地扔出小刀，幾米外的男人倏然倒下。

楊注意到小灰雙腳的麻繩，那是賣掉老鼠時防止中途落跑的綁法。他笑，「一一〇八，怎麼回事，錢爹願意讓你出去兜風一天？」

「這是哪門子兜風，沒看見我心不甘情不願嗎？」

楊嗤笑了聲，湊近他，「放屁，你平常踏都踏不出園區一步，現在應該挺興奮吧？天上掉下來的好機會。一一〇八，乖乖回來，別逃啊！我不想再像上次一樣差點打斷你的腿，別再動什麼歪腦筋。」

小灰的聲音很冷，「我沒笨到重蹈覆轍。」

我第一次覺得時間如此漫長。車內我們一句話也沒說，恍如陌生人。

他坐在我左邊，一片黑暗中，我的手往旁邊摸索，摸到那隻纖細的手，感覺它輕輕顫了一下，我小心翼翼地握住、纏著他的手指，用食指在他的手心一筆一畫寫下——

Hi :)

✦

像小時候教他寫字那樣，一筆一畫。

他讀懂了，冰冷的掌心突然變熱。好可愛。

我聽見巡視的腳步聲響起，小灰的手迅速抽離。

有人搭上他的肩膀，「一一〇八，錢爹好狠的心，居然連你的一夜春宵也賣，枉費你那麼聽他使喚。」

「楊還說要開賭局，賭你明天會不會回來。我那麼相信你，別讓我輸錢呀！」

巴士繞回大壩邊，手機等私人物品才一一歸還。下車前，楊喊住他，「一一〇八，算我求你，別再逃了。」

我的轎車停在附近。帶著小灰上車後，猛一看，才發現他的雙眼通紅，我還未說話，他就焦慮地開口：「爲什麼出現在那？」

「你哭了？」

「回答我，你怎麼進來的？」

「你現在是人口販子的一分子？」

「你在做危險的事對不對？不然不可能被介紹進來！暴哥是誰？錢爹居然賣他面子？」

「哇，眞神奇，第一次聽你講那麼多話。變聲後的聲音好陌生，但也很好聽。」我噗哧一笑，「等等，小不點，你有沒有發現我們各說各的。」

小灰不說話，只是瞪著我，像隻生氣又著急的小老鼠。

我搔搔頭，小灰早已長大，我一時不知道該如何哄他。

太陽斜斜地照進車裡，拉扯出光影，也拉扯著心臟。

空氣裡有些尷尬、有些陌生，還有些緊張。心跳得好快啊！從小到大，我有這麼手足無措過嗎？失而復得的心情尚未平復，如夢一場。

我伸出顫抖的手給他看，「你看，我剛怕極了，總覺得楊說有人故意混進來，指的是我。」

在他面前，我終於能卸下所有僞裝坦誠我的懦弱，剝層皮後我就是不折不扣的膽小鬼。

「正如你看見的，我現在也是他們的一分子。」他回答。

「哦，刀法可好了，你要是我小弟，我肯定把你誇上天。」

他眨著眼，嘴角有笑意。睫毛上未墜的淚像清晨小草的露水，我遮住他雙眼，「喂喂喂，千萬別哭，你一哭我也想哭了。」

「好久不見。」他說。

我的指腹輕輕擦過他微溼的眼角，像是安慰。

「有沒有想去哪？」我問。

「看得見天空的地方。」

遵命。

像是春天的融冰——我停滯的時間，又開始轉動了。

夕陽紅光朦朧。我載他前往我住處的後山，那裡是偏離都市的郊區，大概唯有這裡才能看見整片天，而不是高樓林立。

車子開在公路上，有群鳥掠過天邊，雲朵飄來又飄走。我搖下車窗，強勁的風灌進車內，吹得我們一頭亂髮。小灰坐在副駕，偏頭看向窗外，落日餘暉灑在他的側臉、他的髮梢、他的眉睫，一如八年前那張照片。

我點菸，小灰聞聞味道，說了句：「沒變。」

我踩著油門，看向一旁的小灰，他也正看著我。視線相交。

「嗯，沒變。」我笑。

想說的話太多了，夢裡我總有千萬句話想告訴你，真正見面了，反而不知從何說起，結巴得很，國小被騙去參加演講比賽都沒這麼結巴過。

風吹的聲音太大，小灰開口，聲音在風裡變得破碎遙遠，但我抓住了那四個字，

「我很想你。」

我有些愣住，被菸嗆了幾口，特地別過頭不讓他看見我的表情。這孩子一直都是這樣坦率的嗎？

我們躺在大石頭上，溪水涓涓，濺起的水花打在我們的腳丫，又冰又涼。

我們捲起褲管走進溪裡，我提醒他踩穩石子、小心青苔，結果他走得比我還快。忘了，小孩性子可野了。

我們像孩子般玩水，大笑大鬧，衣服溼了也不在乎，彷彿整座山都是我們的，我們也是這座山的。

頭頂是一整片遼闊天空，樹影搖晃，陽光忽明忽滅。

「爲什麼叫一一〇八？」

「被抓去那的人沒有名字，只有一串商品編號。即使我躋身成他們的一分子，在大家眼裡，我還是一一〇八，錢爹想賣就賣。」他問，「阿姨呢？」

「老媽進安養院了，失智。」

小灰點頭，「改天一起去看她。」

「要不要打水漂？」我撿了幾個扁石子。

「好。」

「來打賭吧！這樣比較有幹勁。」

「賭什麼？」

他臉上的水珠沿著下巴線條下墜滴在鎖骨，再往襯衫底下的清瘦身軀流去……

「如果我贏了，你就親哥一下吧！」我開玩笑。

我以爲他會拒絕。他已經不是那個懵懂無知的男孩，他成年了，有性別概念了，對於同性間過分的親暱或許會抗拒、會噁心，何況是有名無實的兄弟。但他卻答應了。

我先丟了一個，連三跳，飛得不算遠。

小灰接著扔出石子，撲通一聲，石子落入水底，還驚動了溪裡的小魚。

我開懷大笑，低頭將腦袋抵在他脖頸間，「我服了，你眞的沒有天分。」

蟲鳴鳥叫迴盪在樹林裡，燕子歸巢。我們兩人都溼漉漉的，水珠不斷從髮絲滴落。以前他的個頭差不多只到我腰間，現在都長到我肩膀了，老媽看到會感動到哭吧！

如今我才實際感受到他長大變成帥氣的青年了，我的小灰回來了。

我從他的脖頸間抬起頭，那孩子的臉近在咫尺。

「親我。」

要日落了，風冷了。褲管溼得緊貼小腿，夕陽照進他淺灰的眼眸，比溪水還清澈。

他伸手，抹去我臉上的水珠，一語不發地凝視著我。

「怎麼？長大了會害羞了，還是因爲都是男人，親不下去了？」我試探地問。

「沒有。只是太好看了。」

一槍斃命。

不要頂著那張天眞無邪的臉說稱讚我的話。

他看見我手背上八年前的鉛筆疤痕，「這樣的距離也沒關係嗎？」

早知如此何必當初。我笑著將手藏到背後，「那就裝糊塗一次吧。」

他踮腳。

要命。是我經年妄想、反覆出現的畫面。不可言說的夢。

一個蜻蜓點水的吻，脣觸碰脣。僅僅一個輕吻，我心底拚命想隱藏的火不經撩撥，輕易被勾起。我有些恍神，他親了我？我表現得正常嗎？沒有不得體的反應吧？

說實話，我以為他會親臉頰或額頭，像小時候他學陳心怡那樣。我們誰都沒有閉上眼睛，直直望著對方，像是要把彼此刻在心臟，又像是一場說不明道不清的較量。

小灰打了噴嚏，我拉他回岸邊，脫下那身小四說很昂貴的西裝，拿來擦乾他溼透的腳丫，一根一根腳趾仔細地擦。我看著著他滿是傷痕的腳不發一語，他看著我全是刀疤的上身也一言不發。

「穿上鞋子襪子，我們得換個衣服，你會感冒的。」

我家不算是能住人的地方，東西丟滿地沒收拾，我邊帶他進屋，邊不好意思地藏起垃圾和衣服，「太亂了，我們換個衣服就走。」

小灰先是看著沾著血跡的繃帶，再看到沒闔上的抽屜裡有手槍和刀具，子彈像小鋼珠似地來回滾動。最後他的視線落在床頭上的藥罐，那是明秀強迫我吃的。我愣了一下，默不作聲地藏起，看起來更像欲蓋彌彰。

我挑了件乾淨的圓領上衣給他，「試試。」

他沒接過，只說：「你過得不好。」

「你在說什麼？我每天都吃飽穿暖，過得可好了！」

「忘記我，好好過生活。」

我愣住，心臟像是倏地被人刺一刀。

別說這種話。所有人都可以要我忘記你，唯獨你不行。

「我離不開那裡的，我用八年的時間去試，怎樣都逃不走。」

「總有方法，我會找到！反正我也沒打算明天乖乖把你送回去。」

「我一定得回去！」他第一次這樣大聲講話，「沒回去，錢爹會派人來抓我，然後殺了你。你以爲很容易嗎？陳總他們花錢掌握了網路，你根本無所遁形。我試過了，一次又一次。

「去年有個變態看上我，掏大錢指定我陪他幾天，錢爹看那金額二話不說答應了。我沒浪費這個好機會，流淚求他帶我一起去北方，他信了，想盡辦法藏匿我，還幫我製造假身分。載我去機場的路上，有個警察攔下他進行臨檢，一槍射中他的太陽穴。那個假警察就是楊。

「我以前一直被關在地下室，所有人都關在那，又髒又餓又擠。有一天，睡在我旁邊的一位年輕人自殺了，我一睜眼就看到他的死狀，於是我發誓，我絕對不會死在那。包裝毒品、保養槍枝、打掃、運送小孩、搬運屍體、殺人……叫我做什麼我就做。好不容易博得陳總信任，成爲販子的一分子，結果我還是踏不出園區。你根本不知道那是怎樣的地方，別再來仙境了！」

我幫他換上圓領上衣，「隨便你怎麼想，反正我做不到。」

「他們就像一張無形大網，現在我也很怕是不是有人正在竊聽。你還記得我就已經足夠了。哥，現在可以去過你的好日子了。」

「好日子個屁！」我有些動怒，「我他媽就算仙境在聽也敢講。我不需要沒有你的日子！」

我拉著小孩坐在牆角，沒開燈，恍如回到八年前潮溼的小隔間，莫名安心。那時的你還在我身旁，天眞的我以爲我們永遠不會分開。

「我曾有個搭擋叫猴子，他幫我調查那天帶走你的刀疤男。」

「刀疤男怎樣了？」

「死了。死前和我說你捅自己一下，我嚇壞了。」

小灰笑，「我本來要被賣到國外，我想至少不要出國，當下只想到那個方法。」

「然後我找到了那間紅色小廟。」我得意地說。

「廟公眞的很善良，他救了我一命，他應該要長命百歲的。那天有位生面孔的女社工來，一如往常煮稀飯給廟公吃，但廟公沒吃幾口就開始吐，鼻子和嘴不停出血。我要叫救護車卻發現電話線被剪了。年輕的女社工就坐在餐桌對我笑，她親暱地打招呼，說著『一一〇八，你好』。皮箱裡的美金，廟公沒敢花一直放著，結果她找出那皮箱，裡面居然有裝竊聽器。那時前後門都有人堵著，我跑也跑不掉。」

「竊聽器？看來當時刀疤男的一舉一動都被掌控。」

「然後，我很怕哥你也出事，因爲我和廟公聊過你的事，很多很多，我還說我要回去找你。」

「我這不是好好的嗎？」我揉亂他的頭髮，「幫派裡的暴哥有人脈，靠他了。我會一直一直去仙境見你，直到找到可以安全脫離的方法爲止。」

他正經地問，「你哪來的錢？」

「幹這行賺得可多了，一堆骯髒錢。」我點菸，「見你一面怎麼這麼難？」

「我其實很害怕，怕我哪一天再遇見你，你卻已經認不出我。」

聽了那話，我笑了，沒骨頭似地往他身上倒，「所以誇誇我吧！八年了，我還是一眼就認出你。」

深夜，我們躺在床上，有一搭沒一搭地聊天，好像誰都不願睡去。他安靜了，換我開口，我講完了，他又繼續說，恨不得把八年的空白補齊。

時隔八年再次見到小灰，只需一眼，還是會震懾到我，不是他長大了、更好看了，而是他的眼神一如八年前，我們在玄關穿鞋的那個月夜。那眼神簡直如出一轍，又脆弱又堅強。讓人心疼的孩子，讓人想把整個世界都給他的孩子。

「你在聽嗎？」

我驚覺自己的失態，看他看得太入神。連忙說我睏了，翻身抱著他，哄他，「快睡。」他的身體瞬間僵硬。

哦，忘了他已經長大，不再是當年那個需要人哄的小孩。我尷尬地放手，「抱歉，習慣了。」空氣短暫靜默。我起身，「擠一張單人床很憋吧，我去睡沙發。」

他拉住我衣襬，「沒關係。」

「你看，都翻不了身了。」

「沒關係。」

「不行，你會睡不好。」

「操，我都說沒關係了。」

我嚇得彈起，「你、你怎麼能說髒話！」

他冷冷地瞟我一眼，「也不想想跟誰學的。」

好像是我。眞是糟心，八年不見，小孩學壞了，正在叛逆期。他以前明明是小天使，會喊我「哥哥」，又親又抱又黏人。

我聽話地躺下，小灰才滿意地笑了。我就說吧，這孩子太懂得拿捏我，現在還得寸進尺，淨學些有的沒的。

我沒告訴他我常做夢。

夢中的他死過一千次，又復活一千次，喊了一千次哥哥。到後來，我夢到血腥惡夢時不再流淚，反而是燦爛美夢會哭，虛假卻美麗，令人不願清醒。睜眼後空虛感更濃，濃得要撕裂心臟——

昨夜的你站在筆直的馬路上，晴空萬里。兩側是空曠的水田，平整的水面波光粼粼，有農夫彎腰插秧。

你一直走，沿著雙黃線一直走，不回頭。小不點怎麼走得那麼快？我朝著你背影喊：「喂！你去哪？不等哥嗎？沒良心的小鬼。」你還是不回頭。

我急了，拚命向前跑，像那天追黑色廂型車般賣力。別走。別走。

一根又一根電線桿。麻雀跳躍在電線上。未來如蜃景。

你停下腳步了。

轉過頭的瞬間，你從小男孩變成小男人。面容成熟幾分，長高抽高，還有了小喉結。

可是笑起來還是那麼稚氣，「哥！遠方見！」

夢醒了，一滴淚從眼角滑落。陽光灑在床頭的菸灰缸。

小灰醒得早，拉張椅子趴在窗邊看日出。

不是在做夢吧？我捏捏自己的手指，會痛。謝天謝地會痛。

小灰問我爲什麼哭。

「因爲肚子餓。」

「說謊。」

「但逗你笑了。」我捋平他睡翹的髮絲。

我們笨手笨腳地準備早餐，我家沒什麼食材，冰箱裡都是啤酒。我隨便煎蛋、煎火腿，應該不會難吃到哪去。小灰就不好說了，他打破了一個碗和一個盤子，最後被我請出廚房。

他吃飯還是像小時候一樣，細嚼慢嚥、小口小口。

「我現在像老父親一樣欣慰。」我說。

換來小灰的無言瞪視。

小孩長大後性子更冷，脾氣更硬，彆扭得很，興許是生存環境磨出來的。他身上某些天真乾淨的特質，好像被現實磨得粉碎。沒關係，怎樣的灰都沒關係。

日光爬進玄關，時間在推移，身體懶散著卻生出焦慮，於是我把房裡所有時鐘的電池拆了。

他的瀏海太長了，扎眼，因此我搬一張塑膠椅到廁所，信心滿滿替他修剪。

他問我有沒有替人剪過頭髮？我說，沒有，只修剪過樹木。儘管如此他還是乖乖坐在椅子上，披上報紙，眼一閉就任人宰割，搞得很悲壯。

髮絲一撮一撮落下，落在微溼的地板、落在我腳姆指、落在他白皙脖頸，鏡子裡我們四目相交。

「客人，怎麼垮著一張臉，剪得還可以吧？」

「小時候你也幫我剪過。」

「不錯吧！」

「超拙的。」

他笑了。同時眼裡有淚光閃爍。

我就是看不得小朋友掉眼淚，心疼死了。剪刀和梳子扔在洗手台，我從背後用力擁抱他，無關私心、無關情慾。我們如兩隻幼蟬依偎，抱得很緊很緊，我好怕他又要消失在我眼前。

空氣中瀰漫著汗味和皀香，內心的苦悶在發酵。

「幾點了？」他問。

「不知道，也別問。」我比想像中還幼稚，害怕正視現實。透過紗窗窺見夕陽，斑駁的影映在我們臉上，變幻莫測，像極了人間。我想到老媽說過，「人的一生反覆無常」，我認了，也栽了，所以把他還給我好不好？

我鬆開擁抱，調水溫幫他洗髮，他低下頭，泡沫順著水流入孔蓋。以前小孩整天灰溜溜的，我也這樣幫他洗。那時不懂溫柔，一下泡沫弄到他眼睛，一下熱水太燙，小不點怕極了，還是乖乖讓我幫他洗頭。世界只剩下窸窣水聲。

我感受到的違和感，是我出生在強調自由的時代，卻守不住自己和灰的自由；是把自由掛在嘴邊說得輕巧的二十一世紀，卻讓我覺得一切淪爲千萬句空話；是我和灰平凡渺小的日常，卻要耗盡全力去爭取；是我爲了讓小不點活，卻讓一些人死。

生命孰輕孰重？

猴子曾問我，黑社會你死我活的日子有什麼好，他倦了，每晚都良心不安，想不通像暴哥那種狠人，爲何能純粹的因爲剝奪他人而快樂？恐懼和絕望彷彿是他的糧食。表情騙不了人的。

我呢？我又是爲了什麼這麼活著？

我那時沒回答，裝睡。不也幹了同樣的壞事嗎？只是裝作迫不得已，裝作自己生活在苦難之中。

社會就是偌大的培養皿，受害者變成加害者，加害者又變成受害者，注定互踩著往上爬，不斷循環、不斷墮落。

一盞盞路燈點亮黑夜，綿延的公路到了盡頭。
水瓤旁，巴士熄了火，持槍的販子們正在抽菸等待，像是無聲的催促。
我之後才知道，楊他們眞的開了賭局——五五開，一一〇八會回來還是逃走？河堤上的巡邏警員用手電筒照，照亮了也低頭當沒看見，就算販子們拿菸蒂丟他，他也只縮著肩不敢還手。炎涼世態，誰比誰囂張。
去他媽的午夜十二點。我開了車頭大燈，亮得他們什麼也看不見。
我清清喉嚨，故作開朗，「親愛的一一〇八，吃好睡好，我們要長遠相處。」
他解開安全帶，微笑，「下次見，蘇先生。」
他俯身，主動抱住我，像小時候黏在我懷裡撒嬌那樣，那時我總愛笑著罵他，「黏人精、橡皮糖，都被你抱出一身汗了」。
不一樣的是，長大的他沒有眷戀不捨，也沒有把襯衫捏到變形還不鬆手，而是給了我一個很輕很淡的擁抱，不沾風塵。
他說：「哥，我走了。」
他應該要緊緊抓住的、應該要緊緊揪不放的。
推開車門那一秒，我什麼也無法思考，身體逕自行動拉住他的手腕，像八年前，他母親將他鎖在門外自生自滅的那晚，我同樣拉住了小孩。
別開門，別走，留下來。我扳過他的臉吻他，乾澀又急切，所有情感都包含在吻之中——愧疚、激動、喜悅、悲傷、憐惜、不安、愛。
瘋子。

我鬆開手，恢復理智，想為那個吻找理由，卻吐不出隻字片語。不能用久別重逢的兄弟情打混過去，哪家兄弟這樣親嘴的？

我偷瞄他，他低著頭，完了，肯定嚇壞了。

我支支吾吾地道歉，他還是不肯抬頭，耳根子紅到不行，語氣彆扭卻帶著笑，「發什麼瘋。」

✦

我不免俗地想討好暴哥。他對我有恩，所以他命令我做什麼我就做——殺另一派的老大。在這行，黑吃黑很正常。

正好有消息走漏，那人今天會到妓院。我想起美恩說過，「男人做愛時最誠實也最脆弱，是動手的好時機」。

黑社會和妓院總會相互照應，美恩也是從酒店和我們搭上線，她用應召女郎的身分，展轉在不同大哥身邊打聽情報。但她算是我們的一分子嗎？我也不能肯定，可能哪天就被她背叛出賣了。

美恩叮囑過我低調行事，別嚇壞妓院裡的少女，可當我看見那男人身下是一名剛發育的幼女，全身赤裸、面容絕望地盯著天花板，下體都是血，那時我近乎發狂，不斷揍他的臉。

我想起了八年前的小不點，想起了女性移工差點賣掉的阿Wa，想起了仙境裡的異國男孩……

我不停罵著髒話，像頭失控的野獸往死裡揍。最後是小四和張三使盡全力攔住我，大喊：「蘇哥！好了！夠了……」

他連拿床頭櫃上的手槍都來不及，就被我活活打死了。

床上空殼般的女孩突然活過來，瘋了般大笑，大聲鼓掌，「死得好！活該下地獄！」接著她拉開一旁的小窗戶，裸身跳下，摔死在小巷。整個過程不到一分鐘。

恐懼使人臣服。或許是那天的畫面太慘烈，之後有很多小弟臣服於我。小四說，他想到那天都還會吐。

我記得，後來我坐在妓院門口抽菸，身上都是血。那具屍體很快地被處理掉，不一會兒，妓院又重新開張，嫖客絡繹不絕，彷彿無事發生。

一名女人在巷裡放了幾朵小花，半乾的血黏住花瓣，像在挽留一點人間溫情。女人的神色堅決，沒掉一滴淚，蹲下悼念了幾分鐘後，就跑回店裡接客。

暴哥打電話來，「辛苦啦，晚上慶功，去仙境的時間我再告訴你……」

聽到一旁小弟們在聊天，我才發現馬上就要春節。

到處是返鄉過年的人潮，路上堵著車。人們急著回去團圓，喇叭聲不絕於耳。街上滿是期待著天倫之樂的人，小巷裡卻有一群無家可歸的妓女，死了一個也沒人在乎……多麼荒謬的社會。

而在這種社會裡載浮載沉的我更可笑。

日子還在繼續。

我站在被砸碎的玻璃窗前抽菸。

「蘇哥，記憶卡藏在金庫裡。等等交給委託人，這事就成了。」

我看了張三遞來的手機照片，皺眉，「下次下手別那麼重。今天給你收尾，我累了。」

「老大！」他叫住我。

「說了幾遍，別叫我老大，聽不習慣。」

「我知道老……蘇哥你偷偷救了一些孩子送到社福機構。」他躊躇地開口，最後乾脆直言，「這事我沒和其他人說過，即使我不說，也有人查得到，我不想哪天收到暴哥要殺你的命令！蘇哥，你做人明理，我只認你一個大哥。你心腸軟我沒意見，但身在江湖心腸軟是會挨刀子的。」

我笑了，把菸扔了，「我還以為天衣無縫呢……張三，你眼真尖！」

「蘇哥，『身在江湖心腸軟會挨刀子』這話是你告訴我的，你忘了？」

「張三，我想收回那句話了。人啊，如果連最後一點良心都沒了，還是人嗎？」我拍拍他的肩，「把你磨成一把刀，我很抱歉。」

「停止吧！你可憐他們也沒用，那種小孩的人生早就毀了！看清現實、看看我們，有救嗎？」

我停住腳步，「誰說的？」

「看就知道。」

「我不知道。人不能選擇自己的出身，但要怎麼活是自己選的，別賴給別人。」我把張三抓上車，「陪我去個地方吧。」

潔白平房，花圃裡百花齊放。女人坐在庭院搖椅上輕輕哼歌，唱沒多久就開始哭，如新生嬰兒般哭著，看護急忙跑出來哄她。

「千里，我的千里走了，拋下我走了！」過了一會，她又抓著看護問，「千里是誰？」

「那是我媽，老年痴呆。」我沒走進去，只是站在花圃外。

「我十八歲入行，那時跟著暴哥混，很少回家，連她出現一些病徵都沒發現。剛開始是忘記前幾天的事，或東西放錯位置，後來是會重複一小時前講過的事，我還笑她健忘、嫌她嘮叨。某天她迷路了，警察發現她深夜在外遊蕩，才帶她回來。明明是去她熟悉的菜市場，卻忘記怎麼回家。接到警察電話的當下，我還和暴哥他們在吃香喝辣。

「病症越來越嚴重，她開始胡言亂語，後來甚至認不出我爸和我。好笑的是，她偏偏只記得『千里』這個名字，天天掛在嘴邊。」

我笑，「我爸當時正飛黃騰達，不想顧她就離婚了，我就把她送到這邊有人照應。我常常在想，在她最後記憶還清晰時，記得的卻是丈夫的冷言冷語和不回家的墮落兒子，多心寒啊。所以我後來想，她忘了這一切也好。」

我看著張三，「別成爲我這種不孝子啊！」

我把一疊紙鈔塞進信封裡，雖然知道她看不懂也聽不懂，我還是留了話，報告近況。

媽，我就說我能找到小灰的，厲害吧？

——妳的千里

回程路上，我們很安靜。張三欲言又止，一會後才說：「我會勸小四退行，他不適合，但我不退，我只有一個不在乎我死活的酒鬼父親，我想繼續跟著蘇哥！除了動拳頭，我什麼也不會，已經回不去社會了。」

「那我叫你去送死，你也去嗎？」

張三愣住，良久才回答，「如果是命令，我會，我從來不臨陣脫逃。我願意爲蘇哥賣命！但我也會弄死敵人，至少得同歸於盡才不冤。」

我搖頭，「錯了，你這叫盲從。你要更愛惜自己的生命。」

「我不怕！你要篡暴哥的位嗎？我幫你！其實大部分人都覺得他太瘋，把我們性命視如草芥，都希望蘇哥早日篡位。」

「不，比那更瘋。」

我在路邊停車，開口：「張三，我要從邊境的人蛇集團裡偷出一個人。幫個忙？」

✦

妓院藏不住祕密，沒幾天美恩就找上門。

「我聽媽媽桑說，他死得很淒慘，這不像你的作風，心情不好？」她拉著我坐到床邊，「要我用身體安慰你？」

「不了。」我甩開她的手。

「假清高。」她笑著點燃一根菸，「廁所垃圾桶裡有頭髮，幫誰剪髮呀？」

「我自己。」

她評論道：「有剪和沒剪一樣。」

美恩喜歡聽故事，但很少講，見我沒心情聊天，她罕見地說起往事。

她小時候見過母親的屍體，很美，像哈姆雷特裡的歐菲莉亞之死那樣美麗。她的母親漂在河裡，衣裙四散，鋪張開來像一隻美人魚。沿岸有柳樹輕拂，有花瓣飛落在她身軀，樹枝上的鳥好像在嗚咽。

「她不像死亡，只是像嬰兒般睡著了。陽光親吻著水面、親吻著她。她的脖子上有勒痕，人們卻說她一定是失足溺水……我想，天底下會有這麼美麗的意外嗎？」

美恩的菸抽完了，又拿起下一根，點不著火，我接過幫她點菸，「妳很愛她。」

「我不愛她，我恨她。」

「妳愛她，我聽得出來。」

「你也愛他。故事中的小男孩。」她靠在我背上，「我喜歡你們的故事，浪漫、天眞、遺憾。我看過一部電影，裡頭的男孩問，『當妳自由後，第一件想做的事情是什麼？』少女回答，『跳舞！』幼稚，居然是跳舞。我覺得那幼稚又不切實際，卻覺得可愛極了。好像他們眞的能自由地在大街上跳舞……你呢？第一件想做的事是？」

我沉默。

她笑，「不講就算了，就當你也想在大街上和愛人手舞足蹈。」

小灰說過，仙境能做到與世隔絕是因爲無法通訊。訪客會被沒收手機，而人口販子就算有手機，訊號在山區也會被屏蔽。他曾偷過楊口袋裡的手機，才發現毫無訊號，無法求救。仙境儼然一座遺世獨立的王國，又或者是封閉的集中營。

「爲什麼大家願意這麼聽話？」

「人活在群體裡，很難改變既有的體制。」

「正常。比起反抗，人們更傾向服從。」

小灰把頭埋進膝蓋，「服從是因爲恐懼。那些棍棒和鞭子打在小孩的身上，怎麼能不怕。」他看向我，「不管是販子還是老鼠，都一樣甩不開仙境。我記得我被楊抓回去的那次，他哭了。他哭著揍我，說要是我逃了，他命也不保。他讓我別恨他，要恨，就恨生於貧窮，恨這個貧富差距的世界，恨我們的一條賤命不過是有錢人的娛樂消遣。」

如此封閉的園區，權力會膨脹，人心會扭曲。神明看見了嗎？道德界線在拉扯，時代在逼人。

我想起那天在碼頭貨櫃屋不停顫抖的猴子。暴哥在我耳邊笑，「小子，我們都是狗，上頭一下令，就乖乖聽命的狗。」

如果一個體制、一個時代要你瘋狂，你會跳舞嗎？還是跳樓？

我曾私下問過秦兒，如果是人口販子，選擇多的去了，爲何要特地和仙境做交易？

路程遠，限制也多。

「售後服務。」秦兒回答，「仙境由很多人勾結在一起，人蛇集團負責抓人，財團金主負責營運和政商關係，邊境軍負責偷渡放行，警察負責壓案，駭客負責網路情報……好多人分工合作。簡單來說，你把小孩弄死了，沒事，他們幫你擺平風波。若是個聰明人就會和他們做生意。」

「政府也忌憚他們？」

「環河道路都快變他們的了，你覺得呢？」

秦兒笑，「不是吧，蘇哥，你真的看上那年輕男人，想和他遠走高飛？不可能的，知道內部機密後怎麼能留活口？」

「從來沒人成功逃走過？」

她稍微愣了一下，旋即堆上笑容，「你這樣問，我都懷疑你不是混子，而是警察了。要在他們眼皮子下逃走可難了，這座山、這片邊境都由他們看管，逃得了一晚，逃不過明天；逃得過一天，逃不過一星期；逃得過一年，誰知道逃不逃得過一輩子呢？」

「目前逃得最久的是？」

「我怎麼知道。」秦兒優雅又狡詐地笑，「一輩子那麼長，怎麼知道結局？」

第四章　嗚咽的鳥

走廊上，我見楊反握刀質問小灰，「我看見你和上次那位蘇先生眉來眼去，一一〇八，平常連一根手指都不讓碰的人，太主動獻身了吧？怎麼？又想求他幫助你逃走，和上次那個外國人一樣？」

「楊，不是不讓碰，是不給你碰。」他的語氣很冷，「別跟我裝熟。」

楊惱羞成怒，舉起了刀。

「刺啊。」灰的聲音很輕，「怕嗎？」

楊嗤笑，「拖你的福，我什麼都不怕，不會再有比那天更令我畏懼的日子。抓不到你回來就是我死，你知道我有多冤枉嗎？瞧你平常裝得可乖了，原來就盼著那麼一天。」

「別恨我。你說過，要恨我們生於底層的世界。」小灰說。

狹窄的長廊上，氣氛劍拔弩張。有人來勸，「拍賣還在進行呢！鬧哪齣，起什麼內鬨？」

「內鬨？我可沒承認一一〇八是我們的一分子。」楊手中的刀又逼近幾分，「果然老鼠就是老鼠，一逮到機會就想跑。」

勢頭不對，我故意走近，「請問洗手間在哪？」楊在氣頭上，刀子揮落，我看清他落刀的角度，即使避開了小灰的要害，同樣會弄傷他。我想都沒想就側身去擋，刀子劃在我的手臂上，當下感受不到疼，只聽見背後的灰屏住了呼吸。

「大哥，好歹我付過錢買他，你把他弄傷，下次我怎麼玩？」

會場喧鬧不已，人聲嘈雜，有人把我們拉開。場內的高官權貴慌著大喊：「你們這裡會殺賓客？不是說會保障安全嗎？誠信在哪？還怎麼做生意？」

錢爹及時出現，穩定混亂現場，「快去幫客人止血！」

雜音漸遠，我被帶往長廊深處的房間包紮。一回頭，看見楊慘白著臉站在走廊上，嘴唇發抖，似是自知惹事。

不見天日的房，有床、有桌、有書，卻沒有窗，關上門就伸手不見五指。想起小灰說過他住的房間就是如此，沒辦法看到天空、沒辦法在草原奔跑，不知道外頭放晴還下雨。

醫生提著急救箱來。傷口比想像中深，血一路從長廊滴到床單，需要縫針。

我坐在床沿，看著深色床單被血染紅了一塊。而灰靠在木門上，咬著指甲，他在緊張。

我認眞看著醫生，「完蛋，我得在這休養幾天了。」

「沒事，只是個小手術。」

「我頭暈，手還痛，回去沒辦法開車也沒辦法吃飯了，你們得負責。」

醫生和小灰說：「你去問問能不能留宿。」

聽見醫生的話後，我覺得眞是計畫通。

醫生爲我打了局部麻醉並迅速縫合，還開了些消炎藥。我問醫生，「你住這？是他們的手下，還是他們給你好處，讓你長期配合？」

年邁的醫生沒說話，只是整理那團染血的棉花。我還想問卻被他喝斥，「好奇心會害死你的！客人，我勸你在這裡說話要謹慎點！」

我笑了。還能提醒我，代表至少這房沒被竊聽。

不一會，錢爹來了，單手拎著楊進門，讓他跪下。

我坐在床沿，如腳下懸著萬丈深淵。

錢爹向我致歉並關心我的傷勢，表示他有義務了解事情經過。

「讓暴哥的朋友受傷眞是罪該萬死。」聽起來眞有幾分愧疚。

「我和楊起衝突，蘇先生正好經過擋了一刀。」小灰言簡意賅。

「說清楚，吵什麼？」

小灰抿著脣，摸索著說詞。

「我懷疑一一〇八想讓客人幫助他逃跑，和以前一樣。」楊先聲奪人，看著地板一字一句地說：「錢爹常說，縱容一次就會有第二次。我只是想提前預防錯誤發生。」

我緊捏著床單，口乾舌燥，「胡說。」我假裝大笑，「我可承擔不起這風險，就算他用美色求，我也沒有傻到拿命來換。」

錢爹走到小灰面前，「一一〇八，說話。」

咚咚，咚咚——心臟急速跳著。

小灰抬起頭，清明的雙眼毫無畏懼，「真委屈。明明是您先把我賣掉的，現在卻反過來懷疑我。求他幫我？我不如重回地下室，也不願再看見他一眼。」

錢爹大笑，「哈！蘇先生，看來你上次沒少折磨這孩子。」

我笑得曖昧，「性子烈的人臣服才有意思嘛！」

錢爹給我一枝雪茄，上等貨，從異國運來的，味重，小房間瞬間雲霧繚繞。他開口：「我直說吧！不能讓你待這養傷，我們從不留外人的。頂多到明晚，你看如何？」

「行。」菸頭指向小不點，「至少得讓這孩子陪我，否則太不夠意思。」

「以示負責，今晚他是你的了，一一〇八，做人總要知恩圖報。」

小灰很配合地擺出逼良爲娼的臭臉。

錢爹看向跪在地上的楊，思考半晌，「至於他呢……」

他將楊拖出房，拔出腰間的刀迅速劃下一刀，過程快到來不及眨眼。爾後楊摀住手臂，看似後知後覺感到疼，他發出呻吟，在地上求饒。

錢爹笑，「公平，我讓他付出代價了。」以眼還眼，以牙還牙。血濺在長廊牆壁，不髒房間。

房門闔上，楊被攙扶去找醫生，這裡只剩下我們。小朋友看著床單那一灘乾涸的血，不看我。

「房裡有竊聽或監視嗎？」

「沒有，但走廊固定會有人巡邏。」

「你房間也長這樣？」

「更小。」

「生氣了？」

小灰沒承認也沒否認，「剛剛那一下我自己躲得過，為什麼要保護我？」

「我是你哥，不保護你保護誰？」

他煩躁地說：「別再把我當小孩，我不是你要負的責任！」

他突然意識到自己太大聲，趕緊打開風扇，老舊馬達嗡嗡作響，瞬間掩蓋人聲。

我注意到他的指甲都咬爛了。心想，怕什麼，你哥活蹦亂跳的。想伸手抱他，但手臂麻藥還沒退，連根手指都動不了。

「我有分寸，知道那刀只會造成皮肉傷。」我拍拍床邊，「坐一下嘛！」

坐是坐了，可他不說話，很難哄，拿後腦勺對著我。

我輕輕踢他一腳，「你剛怎麼說的？我不如重回地下室，也不願再看見他一眼？算你狠，有種再說一遍。」

他在氣頭上，重覆道：「我不如重回地下室，也不願再看見你一眼。」

「胡說，真該給你照鏡子，自己看看你的眼神。」明明在看見我的時候眼睛都亮了。

麻藥已退一半，我將他一把摟進懷裡，笑著說：「想清楚了，敢不敢再說一次？」呼吸落在眉睫，炙熱又輕巧。

他一愣，眼底閃過慌亂。

我們坐得近，手腳挨在一塊，他拉開一些距離，我沒看錯。以前小不點受傷也不說話、裝啞巴，於是我學會觀察他細微的小動作。見他那樣，我也默不作聲地鬆開手，腳步移回半毫。

他在躲我，我自找的，上次就不該像個流氓親上去。

「你、你有看到樹上吊掛的屍體嗎？」他突兀地問。

「嗯。」

「他是之前地下室某位女人的未婚夫。他知道自己的未婚妻被虜走後，一直拚命想救她出去。他報警，還寫信給新聞媒體、地方政府，甚至聘僱打手……能做的他都做了，最後還是死了。屍體是錢爹掛的，夏天時吹的風，正好把腐味都吹進來，即使那女人關在園區內看不見，也能知道他死了。」

「一群瘋子。」

「很多人看到那幕，顧慮家人安危，連求救都不敢。仙境太懂得給糖果和鞭子，在眾人面前表揚優異的人，給予權力，給大家希望和假象，也在眾人面前把人打得半死不活，讓人心生畏懼。」

「我不怕。」

「可是我怕。楊在懷疑我們。」灰的聲音很輕，「我做過惡夢，好多次，夢見外面那具吊掛的屍體是你。」

話說完，小灰便說他還有事得做，晚點再來找我。

空虛的時間會生出巨大的壓迫感。我打開檯燈，翻閱房裡的書籍，試圖保持冷靜。

前房客感覺博學多聞，書架堆得滿滿的。手指抹過，積了一層薄灰，看樣子已經許久沒有人住進來，卻收拾得很乾淨，保持著原樣。

翻開書本，內頁是日夜翻閱留下的折痕。書背有鋼筆寫下的名字——陳泉。字寫得工整優美，一看就像文人雅士。

我拉開抽屜，每一格都空蕩蕩的，唯一的收穫是夾在某本書裡的鋼筆。鋼筆斷水了，筆尖是利的，在赤手空拳的情況下，鋼筆至少有點防身作用，我二話不說將它藏進口袋。

不見天日之際，人的感知變得遲鈍，依照身體的疲憊程度，我猜已經深夜，但小不點還沒回來。

我開始焦慮了。推開門，摸黑走在長廊，逃生出口警示燈冷冽地閃，能聽見屋頂有水滴落的聲音，長廊漫出潮溼的氣味，說不上多好聞。還眞是體驗了一回關禁閉。

仙境內部如迷宮，晦暗、潮溼、曲折，在長廊上遊蕩如孤魂野鬼。我經過階梯時，有個販子正站崗巡邏，叫住我，和我說，楊的手臂縫了好幾針，下次一定不敢鬧了。

他說得輕巧，好像對這種事習以爲常——傷人或者被傷，一層層的權力階級下，最底層的都要活成奴隸。

我只覺得身處這種體制，久了視野會封閉，人的善惡觀被迫重塑。

「一一〇八在哪？」

「沒看見，可能陳總找他吧。當年那孩子替陳總擋一刀後，陳總可欣賞他了，直接從老鼠躍身成我們的一分子。」

「陳總是誰？」

「有錢人。沒有他，錢爹和我們都沒飯吃。」販子笑著指向屋頂，「賓客沒見過他很正常，他不喜歡下來骯髒地方。他踩在萬人頭上呢！」

從那位販子口中得知，財團的陳總每週一固定來這裡視察。說是視察，倒也很少露面，總是獨自在樓上喝紅酒。

陳總是連錢爹也要敬畏幾分的存在，是他出資出力壯大仙境。錢爹私下說過，有錢人總頤指氣使，就是有股廚餘味，令人作嘔。

後來那販子離開了，我在附近徘徊，見尚未有人來，便悄悄地走到樓梯口。上樓還是下樓？我沒有太多時間猶豫，徑直往下走並壓低腳步聲。走至轉彎處窺見冷藍色燈光，像極了手術間。

門半掩，我湊近看，的確是手術間。我看到光裸的腳，冷光打在人體上，手術台上躺著一具屍體。不，不是屍體，是活人，心電圖還在跳，大概只是因爲麻醉而暈過去了。

早上幫我包紮的醫生，現在正面無表情地開膛剖腹。我聽見他問販子，「大件還小件？」

「什麼還能用？」

「大件的話心臟和肝臟，小件的話眼珠。」

販子將冷藏冰桶踢到醫生腳邊，「都拿。」

我背後出了冷汗，都拿，不就等於不讓活了嗎？

果然，醫生聞言微微蹙眉，「怎麼收尾？」

「明天碼頭有一批運去海外，走海路，正好順便帶上船扔外海。」他想毀屍滅跡，讓罪惡隨洋流漂走。

我還想湊近聽細節，口袋裡的鋼筆偏偏在此時滑落。

啪——

手術室裡的對話停了，我迅速撿起鋼筆，該往哪躲？

裡頭的販子聽到聲響走出來巡視，有人先一步摀住我的嘴，將我往牆角拖。

我被拖到販子的視線死角，我反射性地拿鋼筆抵在那人脆弱的頸動脈，才發現是小灰緊摀著我的嘴，而我剛剛差點就往下刺。

黑暗裡，我們無聲對視，胸膛抵在一起，心跳聲好大，咚咚、咚咚，分不清是誰的。

販子沒瞧見人影，就折返回手術室。

我的手在發抖，指甲快陷進手心，再晚一秒看清，我真的就會刺下去。

我聽見小灰鬆了一口氣，胸口大力起伏。他用力扯著我走小路回房間，甩開門，打開風扇，電動馬達噠噠作響。

「你瘋了嗎？」他壓低音量，卻壓不住怒氣，「如果剛剛不是我而是別人，你命就沒了！」

門未闔上，微弱的光透了進來，我看見他白皙的脖頸上有一枚小紅點，小小的血痂凝固在那，像瓢蟲。

小灰走到門口將門關得嚴實。

「對不起，」我伸手，抹掉那隻瓢蟲，「你消失太久，我怕了。」

他皺眉，額頭輕輕抵上我的胸膛，「我不會死。」

承諾沉入我的胸膛。

「以前還在地下室時，大家說要同心協力殺掉陳總，只要領袖死了，地獄就能瓦解。我們還有分工，誰負責拖住販子們，誰負責製造混亂，誰負責行刺……拿刀的人衝出的瞬間，我看出來了，角度不對，會失敗。失敗的下場更慘，全部人都會完蛋，所以我衝過去替陳總擋下刀，我要討好他、我要活下來……除了我，其他參與行動的人都死了。相信我，我一定不會死。」

我揉揉他的頭髮，像哄小孩，即使我知道他變得強大不再是小孩了。

「好。」指尖劃過他的眉間。又皺眉。

我笑，「你變可靠了！」

他冷回，「你變浮躁了。」

「嗯，你說什麼都對。」

聽了那話，小不點似乎更彆扭了，「別再拿你對其他情人的那招對我！」

嗯？我突然意識到他對我的印象有嚴重誤會，這一定是刻板印象，我得洗刷。

眼睛適應黑暗後就能看得清楚，彷彿活成夜行動物。小孩安分地躺在我身邊，手腳蜷縮著怕碰到我的傷口。傻子，我就喜歡你自然不做作的睡相，犯不著顧慮這麼多。

我靠過去，左手臂壓上他身軀，先發制人，「這副身體鐵打的，不怕痛，你別擅自畫上界線，搞得像不能越線的臨座同學一樣。」

小孩看起來一臉困惑，他沒上過學，沒遇過愛畫界線的同學。

「還有，下次我靠得太近時，你就揍我，狠狠地揍。我話就擱這了，我比較混帳，你不揍我，我就會當你默許。上次親你，哥和你道歉。是我該死，我只是……太想你了。」

話一出口我就後悔了，簡直找了個奇爛無比的藉口。我們的眼神對上，他的眼還是那麼亮，亮得我心虛。

「我又沒生氣。」他小聲反駁後，眼睛閉上不理人了。

隔天，我在走廊上遇見楊，左臉微腫，看起來非常憔悴。他正好巡邏到這，見了我只是悻悻然轉身。我叫住他，讓他進房聊聊。

他沒將門完全關上，「怎麼，你也想揍我出氣？」

「我沒興趣揍傷者。」

「那我們有什麼可聊的？」

「第一，往後麻煩你幫個忙，別碰一一〇八。他是我的。」

楊一臉嫌棄。

「第二，我向你賠罪，抱歉了，你那傷口大概疼起來要人命。」

楊一臉困惑。

「第三，有菸嗎？犯癮了。」楊終於繃不住，哈哈大笑，笑到直喊傷口疼。

他關上門，從口袋裡掏出打火機和一根菸給我，「你們還眞是不同。他昨晚來，不發一語就揍我一拳，左臉就是他弄的。瘦巴巴的小子，沒想到拳頭還挺有勁。眞冤枉，你們明明就有鬼，倒霉的卻是我。」

「揍你？他居然幫我出氣，幹得好，我都小鹿亂撞了。」

「……原來他喜歡你這一型的？」楊說。

「別扯上他。」我吐菸，「是我迷上他，單方面強硬地要帶他走。」

「少來。他昨晚也說了類似的話。然後呢？要私奔？正好手牽手一起下地獄。」

我笑了，「我看這裡才是地獄。」

「相反。」楊搖頭，「仙境外的世界才是。你沒嘗過苦日子吧？我跟著錢爹，錢爹跟著陳總，都是爲了發財。爲了錢，實在是不想再過著飢寒交迫的生活。」

「陳總是仙境的負責人？」

「嗯。他和警察、軍隊、網路駭客的關係都很密切，是他一步一步打造了這裡。看他那樣，我就想，世上還有什麼不能用錢買到的嗎？」

✦

該走了。

錢爹出來送客。我走出建築，觸碰那條冰涼又清澈的小河。柳絮輕拂水面，麻雀吱喳，岸邊還有菸蒂四散。

楊催促著我上巴士，叫我別拖時間，「等不到一一〇八的，地下室有隻老鼠自殺，一一〇八被叫去處理善後。」

我告訴楊，「誰說我等他了？我等的是陳總。」

楊意識到我想做什麼，瞪大了眼說我不自量力，陳總一聲令下就能瞬間殺了我。

陳總一下樓，錢爹就像條哈巴狗似地黏上去招呼，說著最近收盈不錯。權力階級一眼明瞭。

他沒說話，只聽著，是位不怒而威的老人。他的腳步踩得穩當，訂製西裝與花白髮絲沒讓他看起來和藹，反而給人距離感，如一塊冰冷的鐵。空氣變了，他散發出的氣場使我有種直覺——他絕非善類。也是，他可是打造出這座罪惡樂園的人。我手心裡全是汗。

他看向我，「你是？」

錢爹出面解釋，「昨天有些小騷動，客人受了輕傷，我讓他……」

我主動伸出手，「我叫蘇千里，暴哥介紹我來的。」

「暴哥？」老人看起來有些感興趣，「眞稀奇。」

陳總沒回握我的手。他是精明的聰明人，歲月使他更睿智，也更會察言觀色，一開口的氣勢就是一場較量。

「你們是同個幫派的？」陳總問。

「是。」

「怎麼受傷的？」

「路過，正好替一一○八擋了一刀。」

「一一○八？當年那小孩也替我擋過一刀，故意的。他別有居心，是個聰明人，我喜歡，所以我決定拉他一把。那你呢？」老人眼神如刃，「你又是有何居心？」

「為了討他歡心。」我直視陳總。

陳總笑了，「出乎意料的答案，那真是愛上了一個不該愛的人。」

右手插進褲子口袋，我摸到了鋼筆。如果現在將鋼筆刺進老人的頸動脈，是否就能終結地獄？

不能。

不愧是仙境的首領，不容閃失。我抬頭，見到幾十把槍指向我腦袋，等著將我轟個稀巴爛。

所以我要換一個方法。

「八年前，刀面逃走後，幫派和仙境的通路就斷了。真可惜，那明明是一場雙贏的交易。近幾年來我們的勢力茁壯，收了不少抵債的小孩，都是上等，正愁賣不到好價呢！找也找不到像仙境這般出手闊綽的買家了。所以我斗膽地和您提議，那份活，我來做如何？」

老人搖頭，「我不信任你。」

「那我要怎樣做才能得到您的信任？」我抓住發呆的楊，抽出他腰間的刀抵在他咽喉，動作一氣呵成，「您覺得我不夠心狠手辣、不夠格，還是口風不夠緊？」

幾十把槍子彈上膛。

楊不可置信地看著我，「瘋子，放開我！沒用的，你會死在這——」

「我就圖一一〇八天天在我身邊。爲此，什麼都願意做。」我笑，「人類最大的弱點就是感情、意氣用事，沒有什麼比暴露弱點的人更好對付了，您大可信任我。」

暴哥說過，這行最忌諱被人抓到軟肋，那便是弱點。我卻覺得那也可以是武器。眞是壯觀，從沒被這麼多槍同時指著，戰慄又瘋狂。

陳總安靜了一會，擺擺手，示意大家放下槍，「既然是交易，我聽聽看。」

「把他給我，我會把最好的商品都留給您。月底，仙境要多少孩子我都能帶來。」

「口說無憑。」

「眞的，我說到做到。只要把一一〇八放在我身邊。」

陳總凝視我幾秒，冷笑，「滿腔熱血、愚蠢、被情感沖昏頭。一一〇八曾經逃跑過，有一就有二，既然你迷戀他，我已經能預料到你不惜代價帶他遠走的模樣。沒人會做一場預見失敗的交易。」

「錯了，是雙贏。我不想死，更不想他死，所以我肯定對仙境唯命是從，如一條聽話的狗。」

「你怎麼不想死？你現在的行爲就如同送死。」

我笑著推開楊，不需要任何人質，「因爲我知道，您不會讓我死。」

「哪來的自信？」

「您現在的眼神。」

老人愣了愣，用拐杖敲地，笑著說：「我不懂暴子爲什麼邀你來仙境，他從不邀人來的，在弄明白前的確沒想殺你。不過，如你所言，自暴其短的人最好對付。好，現在你也是我們的一分子了，是生是死再也由不得你。我會期待月底的，拿一群小孩的命來換心儀的人，不知道划不划算呢？我想，你某天會對今天的衝動後悔的。」

暴子？指的應該是暴哥。

下一秒，老人的拐杖再敲一次地。

砰——

子彈擦過我臉頰，留下一道血痕，控制得精準無比。我愣在原地。是狙擊手！他剛剛是在下指示給狙擊手！

原來如此，這是下馬威也是警告，但凡他有心，隨時能取我性命。

他笑，「不錯，從現在起，你的命就留在這了。一旦你們有心思想逃——」

「那就如您所願，殺了我。」

陳總先離開了，剩錢爹和楊留在原地。

楊摸著脖子憤恨不平盯著我，表情憤然看來心有餘悸。錢爹一副看熱鬧的樣子，指著樹上吊掛的屍體，「那就是背叛仙境的下場，記清楚啊！」

小灰被架著胳膊來，愣愣地問怎麼回事？他隨即注意到我臉頰有子彈的擦傷，眼裡都是警惕。

錢爹簡明扼要地說明，「一一〇八，看來你被他纏上了。他現在也是我們的一分子。」

「什麼？」

我朝著錢爹笑，「合作愉快，月底見。」

小灰意識到我做了什麼，不可置信地看著我。

樹影搖晃，柳絮飛揚。他的眼裡多了層水氣。

我伸出手，撫過他乾裂的脣，「小朋友，很不巧，你是我爭取到的條件，得暫時和我過一陣子。」

他咬住我的手指，用力地咬，毫不留情，牙齒磕著牙齒，我的指節都要滲血了。他在生氣，那是他的懲罰。

有一顆淚珠沿著他眼角滑落，在太陽下耀眼明亮。錢爹沒察覺異狀，也許在他眼裡，那只是屈辱的眼淚與反抗。

我朝他笑，「我們回家。」

✦

你不知道這種生活我渴望了多久。

小孩在我身旁醒來，惺忪睡眼，臉頰是潮熱的紅，像蘋果。

他還在，沒有如美人魚變泡沫般消失。

早餐可以是雞蛋、吐司、橘子醬，也可以不吃，繼續賴床；我們可以度過無聊透頂的一天，也可以從南走到北，什麼都玩一輪，度過疲累充實的一天。

還沒有幫他買衣服，只能先穿我的。太大件了，衣服歪斜地往一邊肩膀偏去，如八年前。而我拒絕承認長大的他有多麼誘人。

他沉默地掃地，我沉默地做菜。有一搭沒一搭的聊天，聊雲朵、聊泡麵、聊鴿子、聊跑來蹭食的花貓……沒有談到仙境、沒有談到月底要送入地獄的小孩，也沒有談到死亡和未來將要發生的死亡。我們避而不談。

下午，我坐在門口抽菸，屋外有一張躺椅，是小四去年送我的。風吹散菸味，我突然覺得味道有些不同。每個下午，我都會抽同個牌子的同一種菸，今天好像有哪裡變了，變得不那麼苦澀。

小灰坐到躺椅邊，看著我。又是那天眞無邪的眼神，我害怕也著迷的眼神，像一片不容玷汙的大草原。

我踢踢他的腳，「看什麼？」

他看向我手上的菸。

「想抽？」

他點頭。我問他之前試過沒有，他說沒有，「以前楊抽到一半不想抽了，塞我嘴裡，菸嘴還有午餐味，噁心死了。」衝著這句話，我決定下次見面賞楊一拳。

看看，又淨學些有的沒的。

我吸了一口含在嘴裡，然後湊上前，離他的脣很近，將那一口菸緩緩吐出，薄荷味的。菸灰落在我們的膝蓋之間，不燙誰。他輕輕皺眉但身子沒退後，倔強又不服輸。我在雲霧繚繞間貪心地注視著他。睫毛好長，眼睛好美。

我問，「滿意了？」

他沒回答，只是抬眸，陽光落在他眼珠裡。

「不想給我就直說。」他抱怨，「你知道你有說話時靠別人太近的壞習慣嗎？」

沒有，只對你。我笑著躺回躺椅，「揍我啊！你不揍我，我不知道。」

他其實還在氣我。

那天從仙境回到房裡後，我們打了一架，正確來說是我單方面被打，屋裡變得更凌亂。最後我躺在地上，他揍我一拳，好吧……應該不只一拳，我任憑他發洩。他喊著：「這算什麼？這算什麼！」

他哭了，炙熱的淚珠滴在我臉上。彆扭的小灰居然像小時候那樣大哭。

「用你的命來換這種虛假的自由，這算什麼？我才不要……」

別哭，你一哭我的心都要碎了。

我知道你會有多生氣，多難過，多自責，但是我現在見得到你，也觸碰得到你，甚至能和你一起生活，簡直令我欣喜若狂。所以請原諒我。

最後他哭累了，在我身旁沉沉睡去，眼睛都腫了。

我起身去廁所洗臉，舔了舔嘴角嘗到血味，楊沒說錯，瘦巴巴的小子拳頭倒是挺有勁，疼死我了。

想到這，我突然笑出聲，你回來了，你終於回來了。

我開了蓮蓬頭，將水量調到最大，蓋過我壓抑的哭聲。我第一次知道，原來快樂過頭也會流淚。

電視的音量很大，打斷我回憶的思緒。

「明天去超市一趟吧！」我說。

夜深，一天又過了。關上燈後小灰摸黑看電視，應了聲。

我坐在床上喝啤酒。電視播著綜藝節目，來賓說著粗俗的爛笑話，螢幕亮出的熒藍光把小灰的身子映成藍色。他看似對節目不感興趣，垂著眼沒笑。

「要買什麼？」他問。

「米、青菜、牛奶、你的衣服……」

「不用衣服，我穿你的。」

「不行，不合身。」像極了男友衫，殺傷力太大，「電視好看嗎？」

他據實以告，「很神奇，但很無聊。」

「那還看那麼久？」

「關上電視房裡會太安靜，安靜的地方耳邊會響起很多雜音，我不喜歡。」

我有同感。太安靜時，我也會聽見很多聲音，高中校園的流言蜚語、明秀對我的指控、小孩被抓走前喊著哥、媽媽失智後的瘋言瘋語、猴子顫抖的道別、暴哥的冷嘲熱諷、大鐵籠裡無數孩子的哭聲，還有陳總說，我的命留在仙境裡。

「哥。」

他喚回我的思緒，我吞下一大口酒，連帶嚥下什麼情緒。

我拿啤酒罐冰他的臉頰，「喝一口？」

他試了一口，皺眉。

我被他嫌惡的神情逗樂，「還我，小朋友乖乖喝柳橙汁就好。」

聞言，他賭氣似地灌了好大一口。我發現他自尊心可高了，酸不得，特別討厭被人看扁。

「哎呦，好厲害。」

「又把人當小孩，我早滿十八歲了。」他反手，抹著瀲灩的脣，語氣很是不滿。吐息間多了酒氣，這氣味從他身上散發出很反差，反差地刺激我的感官。

我移開眼神，突然對和他共處一室沒信心了。我今天應該要睡沙發，畢竟我這人沒什麼酒品可言。

他打了一個酒嗝，臉微紅。一向蒼白的皮膚，稍微紅了點就特別顯眼。不會是醉了吧？我搶走那杯退冰的啤酒，看了一眼，只少了不到一半。弱死了。

他轉頭，繼續看電視，熒光映得他一半粉一半藍。滴答、滴答，時鐘正好走到午夜十二點。

電視裡主持人說：「晚安，好夢，給你床邊的人一個吻！」

我踢踢他，「欸，很晚了，你該睡——」

小不點轉過頭湊近我，占據我的視野。

主持人又重複一次，像極了催眠，大聲喊：「晚安，好夢，給你床邊的人一個吻！」

一個輕吻。

手中的鋁罐沒拿穩，金黃泡沫灑了些在我的背心上，好冰，腦子裡卻在發燙。

我們的唇觸碰又分開，房裡的空氣逼人醉，我就像跑到車燈前的鹿，看著明晃晃的光線動彈不得。別看我，別用那雙美麗明亮的眼看我。

我俯身壓住他。他的腹部有一道疤，是八年前用螺絲起子捅自己時留下來的，看著就疼。我的手指摁在疤上，一下又一下，他笑著說癢，別搔，還說我幼稚踢了我一腳——我們看起來像在打架，像李胖、像陳心怡口中正常的兄弟打架那樣。

你會渴望嗎？渴望與誰拳腳相向，親密也疏離，珍惜也破壞，甚至渴望誰的愛撫。

小灰似乎清醒了些，「等等，你別摸得那麼……」他迅速地推開我，用僵硬的聲音說：「我去廁所。」

神在考驗我。不曾眷顧我，卻總愛考驗我。

我從背後緊緊擁抱他，而他著急地想掙脫。溫熱的胸膛與背，發紅的耳根子，酒氣蒸騰的眼角，電視吱吱喳喳的餘音。我看不見他的表情，但想來一定困窘又迷人。

我在他耳邊說：「都是男人。」呼吸落在他頸間，他身子一顫。

「會弄嗎？我沒教過你……」

他氣得牙癢癢，「我已經不是小孩！」

「你揍我一拳，快點。越大力越好。」快揍我，我感覺自己的理智逐漸失去控制。美恩曾說我假清高。是的，她說的沒錯。

小灰咬牙，回頭瞪我，右手抓著我的衣領，像是要撕碎它、像是恨不得揍我一拳，抓得凶狠無比。

做得好，讓我清醒一點，讓我多嘗點苦頭。

但他沒有揍我，只是呼吸急促，目光渴望，像瞪視又像是撒嬌地朝我喊：

「哥……」

媽的。那畫面比所有我看過的成人片還色情。

我的手往下伸，他哼著聲，欲拒還迎，像隻戒心很重的小獸，一點一滴棄械投降。他的眼角染上情慾，什麼話也沒說，唯有破碎的喘息從喉間溢出。

我知道我很狡猾，糟透了。他怎麼可以縱容我耍流氓？怎麼可以縱容我汙染他周身光明？怎麼可以縱容我得寸進尺？我明明發誓過要保護他、珍惜他的……

手上傳來一陣溫熱。

他急著起身去抽紙巾，我卻將他抱得更緊，把頭靠在他肩上，「待著，我現在也很興奮，讓我冷靜一下。」

小朋友臉熱得不行，偏頭安靜不動。

幾次深呼吸後酒意退了點，我自知闖禍，害怕的情緒從心裡蔓延，我親手破壞掉我們的關係了。

「對不起、對不起、對不起……」，我的額頭靠上他後背，「以後別再撩撥我，我當不了你的好哥哥，我他媽對你有衝動，一直都是。」

✦

暴哥知道了我和陳總的交易，也知道我在仙境找到當年的小孩。

我問他消息哪來的，他說巴士司機。於是我又問，他對於仙境來說到底是什麼樣的存在？陳總叫他「暴子」，錢爹也給足他面子。

暴哥笑了，說他和陳總是老相識，曾一起混過，當年還是陳總手把手帶他的，說不清是善緣還是孽緣。若要說是什麼存在，大概是一條不受控的瘋犬。

還眞貼切，沒人想被瘋犬咬上一口。

「要我說啊，你不適合當惡魔。」暴哥在沙發上笑，「你最後也會像刀面那樣，夾著尾巴逃走。」

人類要把心切得多碎，才足夠承擔極大的罪惡？丟進碎紙機，還是丟進山狼嗜血的嘴？

「我很期待。」暴哥丟給我一份資料，是這個月被賣來抵債的小孩名單，「你能自私到什麼程度？」

我能自私到什麼程度？

很簡單，是社會先對我自私的。打從小灰在我眼前被抓走的那一天，我就沒想過要做個好人，我受夠了軟弱，受夠了無權無勢。

不當好人的理由我能說出一千個。

正好，林松說社福機構收不下了，沒地方能容納那些小孩。

正好，張三發現了，不該讓他繼續幫我保密，風險太大。

換作是誰都會這樣做，除了善良傻瓜猴子。不論是刀面、暴哥或是楊，都會面不改色地送小孩入地獄。一切不過是工作。

我撿起那堆小孩的照片，第一張是位小男孩，大概七、八歲，缺顆乳牙，笑得天真燦爛，笑容卻在一瞬間變成鐵籠裡泫然欲泣的臉。

我移開眼，將那疊照片一股腦地丟進包裡。

腦袋浮現一道難題。在一列煞車失靈的火車上，火車正以時速六十英里疾駛，只有兩條路可走，右邊軌道有一位工人，左邊鐵軌有五位工人。好了，你會如何抉擇？

絕大部分的人說，只要犧牲一人，五人就能因此獲救，這是正義。

我覺得這個問題少了前提。

前提是，那一個人是誰。如果蹲在右邊軌道的人是小灰，我會毫不猶豫地駛向五個素昧平生的人。人的心是偏的。

閉上眼，撞擊的瞬間來臨。從此以後，我還能夠心安理得地享受每一天嗎？世界還是美麗又值得期待的嗎？

我拒絕思考。

過了那晚，我沒再做出荒唐事，小灰也很配合地沒問。要說心上沒疙瘩是騙人的，至少我徹底明白兩件事——自己是個色慾薰心的混帳，還有他酒量很差。

我載他去兜風，張三和小四見過他一面，問起他，我笑著說是我弟。他們以為是我新收的小弟，擺起前輩架勢，興沖沖地要教他幾招，全被我攔下。

小灰坐在副駕駛座，向張三他們點頭致意，笑著看我們如小學生般吵鬧，再偏頭安靜地看天空。

我偶爾覺得他和世界格格不入，偶爾又覺得塵世間他看得可透了，活得既入世又出世。

小灰後來說，小四像吱吱喳喳的麻雀，張三像擺臭臉的大猩猩。我笑到不行。

我問他，「你會想去動物園嗎？」小時候我爸媽也帶我去過幾次，大概是每位兒童共同的童年回憶吧。

他想了想，堅決地搖頭，「從柵欄外看著被限制自由的動物，那樣的凝視是不平等的。」

「仙境裡，總待在你旁邊的女人是誰？」公路上，小灰突然問。

「怎麼了？」

他猶豫半晌，開口：「她很漂亮，你們坐在一起的畫面很美。」

我的笑容凝滯在嘴角，「什麼意思？」

「和以前你身邊那些男男女女一樣，他們都很漂亮。」

以前？心怡？還是明秀？

「我……那時年少輕狂不懂事，現在不耽誤別人了。」我有些丟臉，眞想一鍵消除過去的自己。

「哥，你不知道，你眞的很有魅力。」

「……謝謝？」

「所以你別再像上次那樣，別讓我誤會。」

方向盤打橫，我將車子停靠在公路邊，「誤會什麼？」

天氣奇差，小雨點跌在車窗上再下墜，拉成一條長長的眼淚，陰鬱的天空籠罩城市，更遠處烏雲密布，像是風雨欲來的前兆。

「你那樣看我、那樣吻我、那樣碰我，會讓我以爲你喜歡我。」

轟隆——轟隆——

遠方傳來雷鳴。

「不行嗎？」我的聲音有些顫抖，「我不行喜歡你嗎？」

或許是這裡太遼闊，顯得雷聲近在耳邊，像是神明要對我降下天罰。

「我不是指兄弟或朋友間的『喜歡』。」他又咬指甲，似乎緊張了，「你知道我想說什麼。」

「那如果我對你是戀人那種喜歡怎麼辦？」我問。

小灰抿脣，沒說話，我們的眼神撞在一起。

打在車窗上的雨點變大了，滂沱大雨瞬間模糊了窗外的景色。雨刷規律運作，唰——唰——掃過車窗玻璃，偶有一時清明，轉瞬間又被大雨掩滅。車內陰冷，廣播電台放著適合這場雷雨的法文歌。

那你呢？

你在溪邊、在房間床上，又爲何親我，又是逗誰的心玩？

那雙灰色而美麗的眼眸映照出迫切想得到答案的我——卑微又落魄可笑的男人。

我笑了，沒想再逼他，「看你嚇得說不出話了，忘了吧！是我混蛋，回去後我向你下跪，哥不該那樣碰你，是我一時瘋了，對不起。」

話說得豁達，內心深處卻在害怕，和別人曖昧時都沒這麼迂迴，怎麼在他面前我總像個手足無措的膽小鬼？

小灰抓著衣服下緣又鬆開，「但我沒瘋，我很清醒……我以前一直很羨慕你身邊的情人。我一直想，那個位置明明是我的。」

蘇千里，不能誤會，不准誤會。那只是弟弟對哥哥的依賴，那和我變質且含著慾念的感情差了十萬八千里遠。

我故作開朗地說：「想起來了，你小時候眞是個黏人精，走到哪黏到哪，整天喊哥哥。現在都不黏人，我有點寂寞了。」

「我嫉妒他們可以獨占你。」他深呼吸，繼續說：「嫉妒他們和你牽手、和你擁抱、和你接吻。」

外頭雷聲大作。

我的喉頭乾澀。夠了，別總說我想聽的話，快把我從虛構的美夢中搖醒。

「然後我一直想，哥哥是不是發現我的想法，才要和我劃清關係？才會連碰都不願意碰到我？你手背上的傷讓我好後悔、好愧疚，早知道就把心意藏好一點，永遠不要被發現。」

「那是我……」

「你說過要我誠實，但其實我害怕誠實，一旦把這些全說出口，你會不會因此離開我？」

「我不會離開你！」

「但是好累，到極限了，藏不下去了。」他伸手擋著臉，耳根子紅極了，「溪邊和房間，我都是故意親你的。我在試探，我不甘只是你眼中的小孩，希望你多看看我，希望你喜歡我。現在我誠實了，全說出口，你儘管討厭我。」

神明終於聽見了我的祈求。

我看著滂沱大雨，竟也覺得眼眶有點溼。

我真是太遜了，這種時候居然讓你先開口。

我啊，比想像中狡猾、膽小，也比想像中害怕失去你。你是玻璃珠，是綻著光的野溪，也是我珍貴的錨，定住我漂泊的心。比起進一步，我更寧願安於現狀，就怕我的心意會嚇跑你，我寧願把我的感情埋葬入土永不見天日，也好過失去你。

「小灰，看著我。」

他依舊用手擋著發紅的臉，「不看。」

「看我。」

「不看。如果哥你不是那種喜歡就直說——」

荒蕪的公路、微冷的轎車裡，還有那震耳欲聾、蓋過音樂的雷雨。

我們在這之中忘情地接吻。

「現在終於肯看我了？」

灰的眼角發紅，嘴唇被親得紅腫，原本空洞的眼瞳彷彿活起來了，裡面滿盈的都是情慾。真他媽好看死了。

我撫過他顫動的睫毛，用近乎虔誠的聲音告白，「喜歡你，從很早開始就一直喜歡，從八年前到現在，差點要瘋了。」

「但你那時一直避著我，也不讓我碰到你。」小灰伸出一隻手臂，似是抱怨，「你說，我們之間要隔著這樣的距離。」

我笑了，握著那隻纖細白皙的手，親他的手指、手腕、胳膊、上臂……像是要將他啃個乾淨。他笑著說癢，縮起手臂。

「誰叫你那時候太小了。」

「但是我現在長大了。」他說著危險的話。

歌曲播畢。整點了，電台預報午後的天氣——

以下是今日天氣預報，中央氣象局針對以下地區發布大雨特報。山區可能有局部大雨，請注意雷擊與強陣風，慎防坍方和落石……

我抬頭望著他雙眼，「不能去後山了，太危險。」

「那我們要去哪？」

「去哪都可以？」

我們的呼吸在瞬間停滯，呼出來都是燙的。

「哥，別丟下我，我哪都跟你去。」

我愣住，不知道小朋友還記不記得他八年前也說過這句話？只是那時我們講的是山、是海、是無盡草原，也是自由。反正絕對不是我現在腦袋裡想的東西。

我抵著他的頸窩笑，在他耳邊說：「去賓館吧，雨太大看不清路，沒辦法開車了。」

✦

已經想不起那天我是怎麼從公路開進郊區，甚至開到從沒去過的陌生地方，反正哪個出口近就往哪開。小灰假裝在看車窗外破碎的街景，紅透的耳根子卻出賣了他。

我隨便開進一條靠近舊火車站的街道，整條街都是破舊旅社，招牌都泛黃剝落了。如果我還存有一絲理智，就絕對不會踏進去。

我們隨便進了間旅社。說實話，我應該找好一點的旅社，有張鬆軟乾淨的大床，淋浴時有熱水的那種，但當時的我慾望在叫囂，根本顧不了那麼多。

我記得櫃檯的老婆婆用奇異的眼光瞄我們，從牆上的鑰匙櫃拿了一把鑰匙給我。只剩最角落的房，價格難以想像的廉價。房間霉味很重，門把還搖搖欲墜，角落的椅子、電視機和冷氣都嚴重泛黃。床單是俗氣掉價的桃紅色，又髒又舊。但這些都不重要，我們根本不在乎。

門一關上，我們急不可耐地脫去彼此的衣服，在床上滾成一團。一躺上去，木床因老舊發出吱呀聲響。

小灰笑了，「床不會垮吧？」

不好說。就算會垮我也沒打算放你走。

我拉下他褲頭的拉鍊，「怕嗎？」

他沒回答，只是抬起上身吻我。胡亂又毫無章法的吻，成功使我理智飛散。

那是我們第一次坦誠相見，赤裸、毫無隱藏。

房裡沒開燈，僅有灰濛濛的光線從透光窗簾灑進。那場雨下得很大，雷電交加，我們在昏暗的房內凝視彼此的傷疤。

那天的記憶，是潮溼又炙熱的。

小灰的手指劃過我腹間那道猙獰嚇人、差點要命的刀疤。他問，「怎麼傷的？」

我一五一十地交代，沒有隱藏，包括怎麼入行、他父母的死、我第一次揍人和殺人、怎麼救那些小孩、怎麼當老大，以及關於林松、李胖和明秀的事。還說了殺了刀疤男而罪大惡極的我，還敢跪在菩薩面前說愛他。

然後我來了，來到他面前了。

「還好有明秀，他即時救了你一命。但你們居然還有聯絡？」

「我說了那麼多，你第一句居然問這個？」

「……我可是很容易嫉妒，只是藏得好好的。」

「哦，眞可愛。」

他像隻小動物輕輕舔著那道傷疤，然後往更下方舔去——太爽了，所有神經都要迷亂。

不僅是肉體上的愉悅，心靈亦是。我以前最討厭伴侶亂嫉妒，可如果那個人是小灰，我甘之如飴。我恨不得他嫉妒、恨不得他死纏爛打，爲我發瘋。

他的腿上有很多鞭痕，他說，他逃過幾次，每次都以失敗告終，最遠的一次還是被楊抓到了。裡頭戒備森嚴，到處有人拿槍守著，根本溜不出去。

「我是逃跑慣犯，楊發現的那次，我眞的以爲腿要斷了。還好我還算有點用處，楊也不是一個狠人，不至於眞的打斷我的腿，所以不要用那麼悲傷的眼神看我，我不怕，也不痛。你看，你不是找到我了嗎？」小灰說。

這本來是一雙要在草原上奔跑的腿，不該印上這些斑駁。我撫過那些傷痕，順著他的腿往上撫，像撫過所有破碎又美好的年歲，往更深、更隱密的地方探去。

「哥，哥……」

別再用那種聲音喊我，耳朵都要融化了。你不知道嗎？我可是在竭盡全力對你溫柔。

我不記得那場雷陣雨是什麼時候停下的，但記得那場綿長性事，結局是，我們都哭了，因爲太幸福。

八年來，我終於活得像我自己，你也活得像你。

久違地想起一些零碎片段，是我教小灰綁鞋帶——先交叉、繞個圈、拉緊、做個耳朵、繞過去、從下方拉個耳朵出來、捏著兩邊耳朵拉緊……

「不對不對，要像這樣捏起來，做個小耳朵才能綁。」

「這樣？」

「不對不對，你看，這樣全都被拉過去了！」

「這樣？」

「還是不對，認眞點，我們從頭再來一次。」

教了好多次他都不會，後來我便放棄了。帶他去河堤時，注意到他鞋帶鬆了，好幾次差點要絆倒，我乾脆順手幫他綁，邊綁邊念著「要是我不在身邊，誰來幫你綁鞋帶」。

那時小灰緊緊捏著我的制服襯衫，笑著說：「沒關係，哥哥你會一直在我身邊的呀！」

「所以你現在會綁鞋帶了？」

「早就會了。」

「那時候怎麼我費盡唇舌也教不會你？」

「大概是被逼著會的，畢竟沒人幫我綁鞋帶了。」

剛講完，我們都沉默了，然後很有默契地用親吻矇混過去，掩蓋那巨大的傷口。

我又想起小孩喜歡喝柳橙汁的事。小灰坦承，其實自己沒特別喜歡，也就一般般吧，只是他覺得我看著他喝柳橙汁時的表情……特別幸福？特別滿足？他也就一直裝作喜歡喝。

聽他說完，我念了他一頓，問他何必這樣勉強自己！

「早知道就不告訴你了。」小灰有些鬧脾氣。

我用威脅的口吻說：「你喜歡吃什麼喝什麼都告訴我，最好給我據實以告！」

我們就那樣鬧哄哄地聊著逝去的時光。哦，又忘了去超市。

之後的每一天，我們都約會、吃飯聊天、逛街、遊山玩水、接吻、做愛……

現在想來，我們就是假裝沒看見牢籠的鳥，在裡頭恣意狂歡，假裝看見的天空就是全世界。

狂熱、旁若無人地相愛，南方暖春來臨，我感覺我們是終於開對季節的花。

慾望一上頭，我們便在車裡著急地親吻彼此、扒光彼此，每分每秒都如此珍貴。我們往往嫌車裡悶得慌，或是空間窄得磕人，再心急火燎地隨便去開一間賓館。

小灰和我說，八年前他被抓走時，那身衣服鞋子他都還留著，收在仙境的一個櫃子裡，即使都穿不下了，還是捨不得丟。紅色圍巾也留著，他還會抱著那條圍巾睡覺。

「有一次，我和仙境裡的人起衝突，他說我怎麼可以幫陳總擋刀，自顧自活下來，讓其他人遭殃。他氣得扯了我的圍巾，我去搶，毛線就被扯散了。那是我第一次氣得想殺人，不用等陳總下令，我就想拿那條四分五裂的圍巾勒死他。

「他手腳發軟，失去意識地抽搐不止，剛好有人發現了制止我。我差點就用你送的圍巾殺人了，後來他們怕我再犯便收走圍巾，我只搶到幾條毛線，就用那些毛線纏成手環，把你留在我身邊。」

我內心大概也是挺變態的，喜歡聽小不點爲我瘋狂的故事。我嘿嘿傻笑著，吻著他手上那圈起毛球的紅線手環。

後來，我們拆開毛線剪成一半，在他和我的手上各綁一條。眞好笑，像高中情侶那樣玩起情侶手環了。

「怎麼辦？你的萬人迷千里哥哥偏偏栽在你手上了。」我像對待稀世珍寶一般，在他手背落下一吻。

他笑得燦爛，「正合我意。」

「過了這個月，我們去旅行吧。」

他愣了愣，「去哪？」

「哪都可以。」

「月底要給仙境的小孩，你——」

我岔開話題，「不用擔心這個，我會處理好，你只要思考我們要去哪就好。」

「我怕陳總會以爲我們串通逃跑，派人來抓，就像楊僞裝成公路警察那樣，一槍斃命。我們還是乖乖地待在他們眼皮子底下就好。」

「不會啦，我們去——」

「會不會是你說了算？」小灰激動地喊：「我不想因爲輕率的態度，永遠失去你！我不要你也變成樹上的屍體！不要你一眨眼就被子彈射死！」

「是我太隨便了，講話不經大腦。你打我吧！沒事了……」我抱著他安撫。

腦袋亂成一團，隱約有個聲音告訴我：這樣下去不行，這種情形猶如溫水煮青蛙。

我明知道總有一天我們都會因爲不安而崩潰，但我卻選擇裝傻。

我們十指交纏地牽著手在大街小巷奔跑，放肆地大笑、瘋狂地上床，像是要用巨大的歡愉掩飾各自內心滅頂的不安。

我沒想過這天會掀起什麼巨浪。

超市的推車中裝了高麗菜、橘子、牛奶和幾件衣服。

在熙來攘往的人潮中，我被喊住，回頭看，是美恩。她永遠都穿得火辣，腳踩著高跟鞋。周圍都是婆婆媽媽，顯得她的出現格格不入。

她提著只裝著一袋蘋果的籃子，面帶笑容走向我，「和誰來逛超市啊？」

我想了一想，回答，「朋友。」

她看著推車裡明顯不是我尺寸的衣服，「新朋友啊？」凝視了我幾秒，笑出聲，「才多久沒見，你的氣色就變好了，像故事裡找到幸福的王子一樣。前陣子明明還死氣沉沉的。」

她遞過手上的試吃杯給我，笑著說，很甜，剩一塊給我吃。

空氣中鮮甜的蘋果味飄散，我用牙籤叉起一小塊蘋果，想都沒想就往嘴送。

小灰從後頭跑來，用力拍掉我手裡的蘋果，蘋果墜落在地，一切發生在一瞬間。人潮洶湧，地上那塊蘋果很快地被踩爛。

小灰面色蒼白、氣喘吁吁，什麼也沒說，只睜一雙眼死瞪著美恩。

美恩也不生氣，將空試吃杯扔進一旁的垃圾桶，微笑，「你朋友家教真好，陌生人給的東西不能亂吃，誰知道有沒有下毒。」

聽了那話，我感到不太舒服，當下卻沒猜出關聯。

我趕緊打圓場，「因爲我之前吃壞肚子，他才這麼敏感。我來介紹，這是美恩，這是小——」

小孩拉著我掉頭就走。今天怎麼脾氣這麼大？難道吃醋了？

我聽話地載他回家。問他怎麼了，他只是搖搖頭說自己今天特別累，閉上眼，倒頭就睡。

我覺得他八成有事瞞我，可他不說，我也不逼他。

回憶起來，根本是盲目又愚蠢的溫柔。

第五章　無輪廓

那是平凡無奇的一天，天色不明不暗，氣溫不熱不冷。

小灰異常熱情，勾著我的脖子用力吻我，吻得難捨難分。

我們從來沒有那麼瘋狂過。像飢餓的野獸順應慾望，我們相互舔舐、啃咬，從門邊做到床上，再從床上做到地上。

我笑著餵他喝水，「今天怎麼了？鐵了心要勾引我？」

他迷糊地睜開雙眼，呢喃，「還要……」

我想，精盡人亡也無所謂了。

後來，我們精疲力盡地倒在地上，房間被我們弄得一團亂，空氣中都是汗味和體味，說不上多好聞。他仍然貼在我的胸口不肯鬆手，我有種錯覺，他彷彿回到八年前那個不諳事務的小男孩，可憐兮兮地乞求我的憐愛。

我在狼籍的房裡點起一根菸，黑夜來臨，渺小的橘紅是昏暗之中唯一的光明。煙霧彌漫，眼前的小灰也跟著模糊幾分。

「哥，你為什麼喜歡我？」

好可憐，聲音都啞了。

「因爲你可愛。」

「正經點。」

我笑了，誠實以告，「不知道。」

我接著說：「可能是你實在太可愛，或是你讓人想照顧、讓人心疼、讓人抓狂。也可能是因爲我也想去你說的青山綠水，想成爲你另一隻眼、另一邊耳，和你共用一顆心臟。我在你眼底看見一片綠洲、一片草原，我想和你一塊流浪。你是船錨，用那雙小手緊緊抓住了我，在我像個浮萍四處漂泊、遊蕩的時候，緊緊抓住了我。」我笑著擁他入懷，「然後我就再也不想離開了。」

我問，「這樣的回答滿意嗎？」

「還可以吧。」他低低笑著，「你說過北美洲有一種生命週期最長的蟬對吧？在土下蟄伏了十七年才破土而出，卻只剩三十天的壽命。」

「虧你還記得，哥哥好欣慰啊！」

「你那時說三十天很短暫，我現在懂了，三十天的光明太短，遠遠不夠抵禦那些黑暗。」

我還想說些什麼，但小灰將我從地上一把拉起，「穿衣服，等等要倒垃圾。」

我邊穿褲子，他邊問，「月底，你眞的要把那些小孩送入仙境？」

我的動作停頓片刻，「嗯。」

「你知道他們的未來會葬送在那。」

「嗯。」

「即使犧牲他們，也要選擇我嗎？」

「嗯。」

「你會後悔的，現在不會，五年、十年後你會後悔的。你熟睡時會說夢話，我聽過，全是惡夢，你的良心會一輩子受盡折磨。」

我沉默著繫上皮帶。

別說，我們應該要心照不宣地沉默，你知道我從來不是什麼好人，早就沾過幾條人命，再多添幾條又有什麼差別？

「哥，眞噁心，你和他們也沒什麼不同。你難道看不出來嗎？我一直在勉強自己配合你。說實話，我還寧願回仙境裡不見天日的地下室。」他平靜地開口：「我嫌你煩。」

「……你在說什麼？」

幾分鐘前還和我上床的人，轉眼間就說起殘忍的話。

「我不喜歡你。」

不是。

「哥，你誤會了，你對我的情感不過是可憐，不是愛。」

不是。

「心怡姊姊那時說得沒錯，你只是同情我。」

「不是、不是！我的心長在我身上，我他媽會不知道自己對你什麼情感？」我大吼。原本燥熱的身子一下子都涼了。

「蘇千里，我寧願爛在那、腿被打斷，也不想再見你一面。」這還連名帶姓叫上了。

要說謊，行啊！可你的眼神在挽留我，你的眼神說你愛死我了，你讓我怎麼信？

「胡說。」我看著小孩，「你愛我。」

垃圾車的聲音由遠而近，我呼出一口氣，需要冷靜。我提著垃圾出門，提醒他把門關緊，否則晚上都是蚊子。他沒應聲，但我知道他會照做，一如往常。

在門闔上的瞬間，我似乎看見他開口，一句無聲的「我愛你」。

腦袋亂哄哄的，無法思考。我看著垃圾被擠壓、輾扁、攪在一塊。有人的垃圾袋沒綁緊，垃圾像山崩似地沿路掉，臭氣沖天。有一個蘋果核滾到我腳邊，果肉早已氧化腐爛。

蘋果。

當我奔回家，推開門，小灰已經不在那裡。別開玩笑了，老天求祢別和我開這種玩笑。

我跑出家門，幾乎快翻遍附近每一條路。

今天沒有、明天沒有，再後來的一星期也沒有。

他再次從我的生命中銷聲匿跡了。

暴哥站在落地窗前抽菸，欣賞繁華街景。我求他幫我聯絡仙境，拚命地求，既然他和陳總是舊識，看著這份情，求陳總別食言，別摧毀我的希望。

辦公室裡有一位小弟在罰跪，他呆若木雞地看我，或許是在想，蘇哥居然低聲下氣地求暴哥。

「小子，你做過什麼，眞以爲仙境那幫人會查不出來？」

「什麼？」我說。

「社福機構裡有多少原本打算賣掉的孩子，你要不要數一數？」

聞言，我的腦袋頓時一片混亂，一個人的過往原來如此透明。暴哥居然也知道。

「對不起、對不起，我眞的不會再那樣做！和仙境的交易我說到做到！」

「算了吧。」他把菸蒂按熄在那小弟背上，「陳總不信任你，交易破局，小孩被人重新帶回去了，一切回到原點，我也不知道你這條賤命能撐到什麼時候？」

「至少讓我和陳總談談。」我繼續懇求著，「再幫我一次就好。」

「你信不信，你再出現一次，陳總會直接殺了你。你偏偏又是我介紹的，所以我倒霉地被你牽連。」

暴哥走到我面前，倒了酒卻沒有一口乾掉，而是淋了我滿頭溼。

「我曾經以爲你會蛻變成魔鬼，沒想到還是個天使。我他媽不需要天使，是我看走眼。不過，看在我們多年的交情，就算了吧。自己幫個忙滾遠點，別再和我沾上邊。」

「眞的沒有。你讓我調查一個黑戶不是在無理取鬧嗎？」警察不耐煩地說。

「我有他最近的照片，你看能不能——」

「你說他被『仙境』藏起來了？不知道那地方在邊境的哪裡？那邊毫無訊號被害人無法求救？現在都二十一世紀了。蘇先生，我知道你是地方有名的黑道，要不是副局長認識你，說實話，聽這個陳述我甚至懷疑你嗑藥。」

「當然可以說清楚一點，但我不希望把你捲進來。誰知道警局裡面有沒有他們的人？」

「蘇先生，我會再和副局長確認，你先做一下藥物檢驗……」

「我沒瘋！你這小子要我說幾遍！」該死，又不能把細節說得清清楚楚，怎樣才能讓警方在邊境展開大規模搜查？還以為我的身分在黑白兩道通吃，結果派來的盡是一些傻瓜警察。

「副局長明明答應我會調查。我直接打給他，你等著！」

我站在警局外打電話，話筒另一端卻不停轉入語音信箱。隔著一扇玻璃門，依稀聽見剛剛那名年輕警察在笑，「仙境是什麼鬼？幻想出來的吧？不過，如果真有這種黑市存在，那真的挺可怕的，還是跨國集團，誰知道多少失蹤人口被拐賣到那邊？」

還是打不通，我只好傳送訊息，「你分明答應我會調查那裡。」

轟！

強烈的爆裂將我炸飛到馬路上，剛好遇到車流少的時段，我幸運地沒有被車輾過。

馬路上頓時亂成一團，路人驚慌大喊：「哇啊啊啊！警察局爆炸啦！怎麼會這樣？」

我感到一陣嚴重的耳鳴，頭昏眼花地從馬路上爬起身，看見警察局瞬間成了一片火海，橘紅火舌吞噬一切，濃密的黑煙不停往上冒，地上全是建築殘骸和碎玻璃。

顧不得身上的傷口，我立刻撿起落在地上的手機叫了消防隊。

傳給副局長的訊息打到一半，我發現，前幾秒的即時新聞寫著一則難以置信的消息。

震驚！某市立警察局副局長被鄰居發現陳屍家中，疑似自縊身亡……

不可能。

我們前天才通過電話，那個花天酒地、成天享樂的人不可能自殺的。是仙境。

沒有一絲猶豫，我立刻相信是仙境做的。是陳總安排的？這間警局裡有他們的人？剛剛那些話都被聽見了？這場爆炸是爲了殺我？等等，圍觀的路人裡，該不會也有他們的人？

此地不宜久留，我立刻招了一台計程車。

「蘇哥！」秦兒按響喇叭，在遠方喊我。她的眼神像在說「別上那台計程車」。

秦兒爲什麼在這？我已經搞不清什麼可以相信。小灰說得對，仙境像張無形的大網。

我立刻跑向秦兒，上了她的車，問，「是他們？」

「我猜是。」

「我能相信妳嗎？」

「隨便你相不相信我。蘇哥，先跟我去安全的地方吧！」

車子駛進隔壁城鎮的山腰，一座偌大別墅被樹林隱蔽，低調卻奢華，到處都是友善輪椅的設計。別墅裡空無一人，連個警衛或清潔員都沒有。門口寫著「王氏夫妻。王明先生與王珍芳女士」。

秦兒倒了一杯水給我，「有什麼想問的儘管問，這邊很安全。」

「妳到底是誰？」

「一隻徹底改頭換面的『老鼠』。」

出乎意料的答案。

我看向她，內心激動，有太多問題想問，最後只濃縮成一句，「爲什麼告訴我？」

她笑了，說出一個大膽又誘人的提議，「我需要你幫我一起摧毀仙境。」

「妳眞的是『王珍芳』？」

「當然不是。如果說，我以秦兒的身分出生，那我未來便會以王珍芳這個身分死去。」她拿出一張手術前後的對比圖給我，「王醫師幫我弄的，他將我整形成他夫人的樣貌。」

照片上，秦兒原本的模樣清秀，現在變成另一副面孔，依舊美麗，只是失去了特色，容易隱沒在人海。

「這邊很多無障礙坡道，有人坐輪椅？」

「王醫師，也是我丈夫。不過他早就死了，活到七十多歲也算享福了。」

「妳是……被他買走？」

「不，我嫁給他，一切都是安排好的。」秦兒從包裡拿出鋼筆，很是珍惜的模樣，「是這枝鋼筆的主人，陳泉幫我安排的。他讓我成為王醫師的亡妻『王珍芳』的替身。王醫師的年輕妻子長年臥病在床，幾乎沒人見過。他甚至因為無法接受妻子的死隱瞞了死訊，所以全部人都認為王珍芳還活著。幸運的是，老翁眾叛親離，除了陳泉，沒人拜訪這棟別墅過。一切正合我意。」

我曾端詳過秦兒的眼神。那不是一位貴婦的眼神，眼裡沒有貪婪。她站在籠子前，眼裡閃著黯光，有恨也有愛，更像在追悼故人。

她曾說：「你想帶那個年輕男人走？我給你一個忠告吧！別相信身邊任何人，所有你能想到的人，都可能是來抓你的鬼。」

說這句話的秦兒，就像切身體驗過。

那天的回程巴士，一個顛簸，我口袋裡的鋼筆滾到地上，秦兒巧妙地用裙襬遮掩，沒讓巡視的販子發現。她悄悄撿起，哦，就是上次從房間順來當武器的那枝。女人看著鋼筆，瞬間紅了眼眶。

「這枝筆你從哪拿的？」秦兒激動地問。

「去小房間包紮時拿的。」

見她愛不釋手，我便將那枝筆送給她了。

想起來了，鋼筆的筆身刻著「陳泉」。

直到進入王醫師的別墅後我才得知，幫助秦兒逃出仙境的人就是陳泉——陳總的親生兒子。

「陳泉死了。當時我們隔著一扇門，他叫我快跑，叫我往前走，不要回頭看。」秦兒拿出電腦，插入USB，螢幕跳出仙境的成員和資料，記錄著每筆交易。

「我不要。我要一直想念、一直流淚、一直回頭看。人類就是會爲情所困的生物呀！」

看向電腦螢幕，我震驚地想，若非核心人物，絕不可能獲取這些機密資料。

「這是陳泉留給我的。他說是武器也是平安符，更是送我的禮物。一點都不浪漫。但它能幫助我分辨敵友，必要時可以構成威脅。所有牽涉仙境的人都在這裡了，政府官員、警方、媒體，我沒打算放過任何一個。」

「該怎麼曝光？新聞鐵定會被陳總壓下。」

「這點我也還沒想……」

「那個記者！」我突然想起第一次去仙境，被楊發現身分是記者的女人，「她是哪家新聞媒體？」

我和秦兒一同拜訪那名女記者工作的地方。那是一間名不見經傳的小新聞台，員工不到十人。

從員工們口中得知，女記者姓徐。她失蹤了，看得出大家都感到哀痛，卻也都官腔地表示沒人知道原因，以家務事帶過。

既然徐記者已經深入仙境進行調查，不可能沒通知伙伴，也不可能沒留下資料。我仔細翻找她的位置卻一無所獲，肯定是被人藏起來了。我想，大家只是在害怕，害怕自己成爲下一個徐記者。

「我也在那輛巴士上。」我環顧他們，「徐記者就死在我面前，知道她最後說了什麼嗎？『惡魔，我一定會揭露你們的。』但你們現在這樣算什麼？徐記者的出生入死又算什麼？」

這是個過於現實的殘酷世界。弱小的人們沒有話語權，所以才需要媒體，不是嗎？這樣才能讓薄弱的聲音有一天也能傳至大街小巷。如果連媒體也閉上眼睛、關上嘴巴，最後就會連怎麼說話都忘了。

我上車前，一名年輕的男記者追出來，他遞名片給我，「叫我金記者就好。」印象中他坐在徐記者座位對面。

他很緊張，躊躇一會才開口說，徐記者蒐集的資料都好端端地收在他那，他全看過了。

「所以你們有什麼計畫？」他問。

我簡明扼要地回答，「人質、劫車、進入仙境、救人、錄影。金記者，靠你了，幫我把那些聲音傳播到世界各地。」

我帶著槍，裝上消音器，播通電話，「美恩，見個面吧。」

超市外的停車場。她又拎著一袋紅蘋果，走台步似地上車，笑得明豔，「居然主動找我，什麼風把你吹來？」

我爲什麼沒有在那一天發現呢？不，我爲什麼沒有在五、六年前就發現呢？

「妳認識小灰，不，一一〇八嗎？」

「誰？」

「他在哪裡？」我問。

女人沒有回答，只是笑著看向窗外，「天氣眞好，我們今天去看海好不——」

我將槍口抵在她的太陽穴，再問一次，「他在哪裡？」

她毫無懼色，笑舉雙手投降，「蘇千里，這是你第一次拿槍指著我。」

「他在哪裡？」

「那天在超市，你們走散了，我先逮住小孩和他打招呼。他居然還記得我的臉，眞感動。我告訴他，他會毀了蘇千里。你是善良軟弱的人，是會把小孩偷偷往社福機構送的人，是心中有愛的人，他怎麼能逼你當劊子手？」

我想到小灰消失前紅著眼對我說的話。

「你會後悔的，現在不會，五年、十年後你會後悔的。」

也想起小灰說過，那年有位生面孔的女社工到廟裡煮稀飯給廟公，但廟公吃沒幾口就開始吐，鼻子和嘴不停出血。要叫救護車時，卻發現電話線被剪了。年輕的女社工就坐在餐桌笑，親暱地喚他「一一〇八」。

「然後我說，週末晚上，南大壩見。噓！偷偷地來，若不回來，心愛的哥哥就會死。小孩做夢也想不到我和你早就認識吧？我要動手根本易如反掌。」

我是從什麼時候認識美恩的？五年前？六年前？

初次見到美恩，我只當她是暴哥找的酒店妹。她朝我伸出手，問的第一句話便是，「你就是哥哥？」

總算知道了。廟公收在廟裡的皮箱裝著竊聽器，她聽過小孩和廟公講我的事。後來又聽我講小孩的事。一直一直聽著我們的故事。

她笑，「一朝被蛇咬，十年怕草繩。古人眞沒說錯。小孩居然以爲我在蘋果下毒，看來八年前廟公被毒死那幕讓他留下陰影了。但我才捨不得對你下毒呢。」

她接著說：「放心吧，小朋友還活著，只是在地下室關禁閉。怎麼辦，你要當拯救高塔公主的王子嗎？好可惜，我其實很嚮往你們口中的草原——」

砰！

子彈擦過她的耳廓，射穿了窗，車窗碎成蜘蛛網狀。

美恩右耳的垂墜耳環碎裂散落一地。

我拚命壓抑怒氣，壓抑扣下扳機的衝動，問，「怎麼去仙境？」

美恩抹了抹耳廓的血，「告訴你之後呢？一個人單槍匹馬去送死？」

我什麼也聽不進去，只是再次舉起槍威脅她帶路。她的耳廓在滴血，桃紅洋裝一點一滴地被染紅。

半路上，我買了些藥品丟給她。她點菸，嘲笑我，「對敵人仁慈，就是對自己殘忍。」

窗外，一幀幀畫面倒退。何來敵人？何來朋友？

美恩拿起一顆蘋果開始啃，「你進過園區，肯定看過那裡有一條河，我母親就是漂在那河裡。」

我看向她。

她閉眼，收起多餘情感，繼續陳述事實。

美恩在仙境裡出生，生父不詳，總有人竊竊私語，說她可能是麥特叔叔、王叔叔或陳總的種，不知道誰先誰後。

她一出生，世界就是歪曲模樣，善惡顛倒。她無法理解媽媽在夜半時分流淚訴說正常且和平的社會，聽起來好虛假。

美恩長得漂亮，在那裡，這不是祝福而是詛咒。在她十六歲那年，從小就護著她的媽媽死去，美恩的世界隨之墜入黑暗，媽媽如何取悅那些男人，她就走一樣的路，那是她生存的武器。她說，不只要活著，還要活得很好很好。

男人做愛時脆弱又誠實，她能輕易套出話或是毒死人。她很快地受到陳總賞識，潛伏在風俗業，圍繞在大哥身邊，套出仙境需要的高級情報。

「好複雜。世界好陌生。有酒店小姐爲了一隻路邊死狗放聲大哭、有媽媽桑特地煮菜幫我慶生、有大哥憐惜我，對我好……人性的本質是善良的嗎？社會的日常是和平互助嗎？我不懂，我不懂。就算我看到天空與海，我的心好像還是不自由，靈魂和媽媽一起被禁錮在那條滿是菸蒂的河。」美恩說。

我們從白天開到日落，從繁華都市開到窮鄉僻壤。靠近邊境，駛經軍事區，哨台上有人穿迷彩、扛長槍，他攔下我們，問我們要去哪。

美恩搖下車窗打招呼，熟練地給出一套說詞，車子得以繼續開進人跡罕至的深山。翻過這座山頭，就算是越境了嗎？美恩不知道，我也不知道。

車子停在茂密叢林裡，腳下是未經開墾的山林，很難走。美恩指向右前方，「看見沒，那個屋頂就是了，我們不能再更靠近。」

沿著邊境線走，遠眺，依稀能見到那片刺網。誰能想到如此荒郊野外，一大朵罪惡的花正盛開著。

手機沒有訊號了。

「我知道你多愛他，但我只能服從，想辦法把一一〇八帶回這裡。我別無選擇，這不是藉口而是事實。」美恩說。

「我沒辦法再去見他了？」

美恩點頭，說她也是收到上頭的命令。

我知道我若強行闖入，不只是愚蠢送死，美恩還有暴哥或許都會被視爲眼中釘。我明明知道大家都是權力剝削下的產物。

天愈來愈黑，美恩催促我趕緊回去，說摸黑下山並不明智。

回程路上，她看著窗外，「你記得有一次我問你老人要幾歲才會老死吧……我其實想過，如果陳總能死了就好，仙境就會沒落，一切會終結。但我最近想通了，仙境不會消失，永遠會有下一個陳總補上位置，因為人們都渴望絕對的權力……」

但我有決心毀掉仙境。

「什麼？」

我嘗過絕望也嘗過希望，那會讓一個人變得心狠手辣。

「美恩，妳從小在那長大，幾乎無人不曉，勉強算是個不錯的人質吧？」

我倏然轉彎。

天色全暗，秦兒停在遠方等我。她問，「車裡是誰？」

「人質。妳以前也許見過，我讓她聯絡仙境來接她。」

秦兒走近看，「……美恩？」

美恩看著她發愣，認不出這個陌生女人。

秦兒猶豫了好一陣子，才開口：「我是秦兒，好久不見。」

✦

「接下來說的不是命令，是我私人的事。」我對著兄弟們說。

「你們或多或少有聽說過『仙境』的事，那不是都市怪談，而是確實存在。簡單來說，仙境是人蛇集團，以前幫派用來抵債的小孩，有一部分會被賣到那裡。他們藏在邊境，規模比想像中龐大，也與權勢勾結。如果他們是大鯨魚，我就是小蝦米。

「我要摧毀仙境，因爲我弟弟被抓去那裡。我不是以你們大哥的身分，而是以蘇千里的身分請求幫忙。我需要人手，願意參與的留下，我會很感謝、很感謝你。不願意的就快走，忘了今天這回事，也別聲張。家有妻小要照顧的都走。」

有人竊竊私語，有人看眼色，房裡越來越少人。

我看著留下來的兄弟，告訴他們，「你們有可能會死。」

「蘇哥，我會一直跟隨您！」張三喊。

「都和你弟弟打過招呼了，怎麼能見死不救！」小四說。

再也沒有像我這麼厚臉皮的人了，仗著他們的江湖義氣和熱血，硬拉他們陪我入地獄。仙境或許會成爲眼前年輕人最終的墳，而我就是掘坑的魔鬼。

誰的生命重如泰山？誰輕如鴻毛？又有誰有資格斷定？

秦兒靠在門邊，「謝謝你。」

「謝什麼，妳該謝這些人，我只重視一個人的生命，顧不上其他人。」

我撥了通電話，「林松，最近社福機構沒出現奇怪的人吧？沒事，就問問，聽李胖說收支失衡，我匯了一筆錢過去，一直以來謝謝你了。林松，你信不信，我見到小孩了……不信就算了，犯不著罵我。幫我和明秀和李胖也說聲謝謝。」

「奇怪，說得好像我們不會再見面似的？」林松在那頭問，背景很吵，是小孩的咿啞聲。

「誰知道。」我笑，學秦兒說：「一輩子那麼長，怎麼知道結局？」

晚上六點。

河堤上有巡邏的警察，我找上他，說要舉報最近有私人巴士占用車道。他露出半分尷尬的神情，之後又客氣地請我回警衛室，「坐、坐，喝茶！」

我單刀直入地說：「我前天看見的，我要檢舉，車牌號是……」

他拿了張紙，貌似認眞在記，但我知道他不過是在做做樣子。

「那巴士開往哪裡？連窗戶都貼得黑漆漆的，一定是在搞什麼非法交易。」

警察搖頭，「不知道，我沒見過。謝謝您提供的資訊，您可以回去了。」

我沒動，從容地坐在沙發上，喝一口茶，冷了，多可惜。

「多久了，像你這樣，對人口販運睜一隻眼閉一隻眼？」

「嗯？」

「你每漠視一次，就葬送了一個小孩的人生。」

或許是他終於發現我在故意試探，瞬間激動了起來，「能怎麼辦？你沒和他們打過交道，不知道他們有多可怕，才能講出這種風涼話！我不過是惜命，選擇和他們友好相處罷了！」

我站起身逛了一圈，找到備用的制服、帽子、手電筒和警用槍。能用的全拿來用。

「警察天天宣導反黑，看來都是做秀。」我套上那身警服，戴上鴨舌帽，像楊那樣扮起假警察。眼神緊盯著他，控訴道：「記清楚，你這不叫友好相處，叫屈服。」

晚上七點。

不用放觀國際，我們的生活就是縮影，人類互相合作又互相侵略。

我沿著河堤走，大壩洩洪傳來巨響。三個販子正在抽菸，等著美恩。我一走近，他們嘻嘻哈哈地朝我扔菸蒂。有人叫住我，「新面孔？」

他們像是找到樂子，一瞬間將我包圍，「原本的警察難道逃走了嗎？」見我不回話，撞上我肩膀，手電筒頓時滾到草叢，「新來的挺有種，眼睛都沒眨一下。」

楊不在這裡。幸好，不會太快被拆穿。

我笑，「你們都這樣蔑視警察？」

「哈！你剛從警校畢業嗎？滿腔正義的嘴臉最做作。」

正義，眞縹緲，這世上還有正義嗎？

好幾台轎車駛近，是我的小弟們。張三開我的車，拖著美恩下車，槍口指著她後腦勺。張三對女人還眞是一點也不溫柔。

美恩哭得梨花帶淚，喊：「司機大哥！小劉！你們別開槍！他是來眞的，我會沒命的！」

販子們愣住，有人推我一把，「喂，快點逮捕那傢伙，那女人是我們朋友！」

有趣，這時候眼裡倒是有警察了。

我走近，舉起槍，柔聲勸導，「有事好好談，別拿女人當人質。」

張三臉色陰沉，一定是沒想到他要當壞人。

我讓販子們丟下槍，別刺激對方，否則她會受傷。在他們放下槍後，一腳踢遠他們的槍枝，命令販子們都上巴士。或許是美恩哭得實在太慘，他們猶豫一會，還是乖乖照做了。

「有什麼深仇大恨，我們回警局聊，別殃及無辜。」我緩緩拉過美恩，護著她後退，讓她平安上巴士。槍口依舊牢牢瞄準張三，爾後我也跟著上車。

司機納悶地問美恩，「他是誰？爲什麼抓妳？」

那瞬間，司機看清了我的臉，「不對，你是暴哥介紹的——」

我把槍口抵在美恩的太陽穴。

「大哥，別踩油門，還有很多人要上車呢！從現在起，把你們的手機關機，通通交出來。」

晚上十一點半。

我把槍口抵在司機腰間，他如坐針氈。

「去了也沒用，你們這是去送死。我是受你們威脅，我沒有錯，我沒有錯……美恩，妳居然背叛錢爹和陳總，妳會後悔的！」

此時美恩正滴著眼藥水，「是啊，眞後悔，我究竟被什麼甜言蜜語哄騙了呢？」

其他小弟坐在巴士裡，料不到終點是怎樣的地方。

看見刺網了，有人站崗。他認清車牌號，僅瞄一眼就放行。

「別出聲，開進去。」我說。

我看向後照鏡，已經看不見張三和秦兒他們的車了。我讓他們停遠一點，停在上次美恩帶我來的地方，至少不會一下就被發現。

美恩還沒下車，司機搶先一步大喊：「有人入侵！救命！他們拿槍威脅我！」

砰！

巴士裡，一名小弟朝司機開槍。

不妙，我立刻喊：「大家快下車！」

一發子彈吹響號角，對方意識到巴士上有鬼，蜂擁而上，率先衝下車的小弟被射中肩膀，倒在地上哀號。子彈不長眼，有人還來不及下車就死在座位上。一片混亂，到處都是子彈呼嘯，我也像瘋了一樣見人就開槍。有那麼一刻，我覺得我變成暴哥或錢爹，在槍林彈雨中才感覺活著。

好可怕。腦子閃過白光，從何時起，我的世界只剩你死我活？

在黑社會打滾八年，我看見生命的脆弱、看見社會角落掙扎的人、看見無數家庭掉入黑暗深淵。我明明是來救人，可我爲什麼在殺人？要殺人才能救人，毫無道理呀。

誰來借我一雙慈悲的眼。

晚上十二點。

有人射中變電箱走火燃燒，火勢很快從草地延燒到建築，焚亮整片黑夜。

秦兒和張三趕到了，她推我一把，「去找他！火馬上就會燒進地下室！」

「太亂了！我先帶妳到安全的地方！」

「來不及！濃煙會嗆死人！我來這裡不是爲了躲躲藏藏。我不需要你的庇護！」

她眼裡有無法動搖的堅毅，我愣了愣，咬牙說一句謝謝，喊來張三保護好她，然後逕直往建築裡跑。

外頭，秦兒大喊：「我是秦兒！你們不是找我很久了嗎？去通知陳總，他寶貝兒子死也要保護的女人回來了，別懦弱地躲在樓上，給我出來！」

電線燒壞了，火光把世界照得發紅，像鮮血浸潤的眼。

建築裡烏黑一片，我順著樓梯跑下去，沿路遇到的幾個販子並沒有對我起疑，只是喊著「失火了快跑」。

我在地下室的長廊上被攔住，是楊，我佯裝鎮定，讓他快走，等等濃煙就飄下來了。

他笑了，「我就知道，我就知道。爲了一一〇八，你總有一天會破壞我的家。」

我舉起槍，「他在哪？」

「就算帶走他，你們又能逃到哪？警察、醫生、菜市場攤販、隔壁鄰居……你有信心逃過仙境的眼線嗎？連我都不清楚孰敵孰友了，更何況是你。而且商品一旦逃了，好多人都要遭罪，我也是其一，要賭上命去抓你們回來交代。很有趣又很可悲吧。」

「你信不信，過了今天，沒人能再命令你們。」我說。

他搖頭，「我不信，也不想。離開這裡，我不過是繼續過著流落街頭的生活……我好不容易才有了容身之地，好不容易能過上溫飽的日子。好煩，試圖毀掉仙境的你們都好煩。

「於是我告訴他你死了，我說仙境怎麼可能放過你。你的屍體被四分五裂，丟進河裡，連點渣都沒剩下！你猜怎麼了？他哭了，那個冷冰冰的小子居然哭了。肯定很自責吧，自責自己害死你，他拚命求，求我讓他見你一面，就算是斷肢殘臂也好。」

我顫抖著問，「他在哪裡！」

楊舉著槍，慢慢退後，「你自己找吧！」濃煙飄下，他迅速跑走避難。

沒時間了，我瘋狂地大喊：「小灰！小灰！」

煙霧彌漫，熱度上升，地下室有尿騷味、食物酸臭味，混在一起實在難聞。

每個小房間都被上了鎖，這裡應該就是美恩提到關禁閉的地方。他們驚恐地喊：「怎麼有煙？是不是失火了？救命！」

有的人喊沒多久就一直咳，有的人喊一喊就沒了聲音，可能吸進太多濃煙而昏了過去。

我開槍射穿鎖頭，他們爭先恐後地跑出房間。慌張的臉孔裡沒有一張是小灰。

我抓住一個人問，「一一〇八在哪？」

「不知道！我們都是個別被關在小房間裡！」

濃煙不只灼傷我的喉嚨，彷彿也灼傷我的心。火勢蔓延得很快，然後，我意識到一件更可怕的事──身上的子彈不夠，備用子彈在剛剛的混亂裡弄丟了，彈匣只剩兩發。

我試著撞門，但是撞不開，門板幾乎熱到變形。我緊緊摀著嘴巴，想著絕對不行暈過去。

還有人一直瘋狂拍打著門，「救救我！我不想死在這，我想回家……」

有人大聲祈禱，「上帝！天主！請保佑我們平安，赦免我們的罪！」

對不起。

顧不得你們。顧不得外面的兄弟和秦兒。顧不得其他受困的孩子。我只想找到他，我得救他。

門板太燙了，我用槍枝不斷敲著小灰家的暗號，叩——叩——叩——叩、叩。

三長兩短，每間都敲。

我狠心地走過一扇又一扇門，聽著那些哭著求救的聲音，腳步不停。

小灰，小灰，求求你回應我。你不可以死在這裡。我們不是約好了？我不丟下你，你哪都會跟我去。

叩——叩——叩——叩、叩。三長兩短。我聽見用腳輕輕踢著門板的聲音。

我停住腳步。

「灰。」我低低喊了一聲，聲音顫抖。

天花板傳來劈啪聲響，眼前一片焦黑，火警探測器年老失修，阻止不了這場惡火。門板後頭又傳來一樣的節奏，叩——叩——叩——叩、叩。

我沒有一絲猶豫就開槍破壞那道門鎖，小灰摀著嘴巴，虛弱地躺在裡頭，看起來快要嗆暈過去。

我拉他起身，他軟軟地癱在我身上。外頭火勢猛烈，樓梯已經上不去了，我們步履蹣跚地走到角落，那裡有一扇變形的氣密窗。

我只剩下一發子彈。不是一起死，就是一起生。

我用眼神向小灰示意，「你相信哥嗎？」

灰色的眼睛瞧向我，像是在說「永遠相信」。

橘紅火光扭曲我的視線，我瞄準氣密窗的中心，扣下扳機，玻璃應聲而碎。我們踩著角落的廢棄櫃子，狼狽地從那扇窗爬到外頭的草皮，手肘和膝蓋都被碎玻璃刺傷。

我看了一眼那些小房間，決定去找槍枝射穿該死的鎖頭。剛爬起身，下一秒火光轟然吞噬了他們。

對不起、對不起……

小灰咳了一陣子，好不容易才緩過來。他依舊有氣無力，腿上都是怵目驚心的傷。

我問，「能跑嗎？」

他點頭，於是我牽起他的手奔跑，得跑出那片刺網、跑進山林，張三應該把我的車停在那裡。不管怎樣，要先把小灰藏到一個安全的地方。

外面一片混亂血腥，幾個原先還活蹦亂跳的年輕人，如今躺在草皮上沒了呼吸，死傷慘重。

幾個好不容易逃出惡火的孩子，下一秒就被亂刀捅死，仙境寧願殺死孩子也不讓他們徹底自由。幾名渾身狼狽的男女，滿眼恨意地拿起地上的刀，砍向平時欺壓、囚禁他們的人……

我只看一眼，便忘不了這般地獄景色。草皮染成鮮紅，誰塗錯了色。

刺網拉開一半，正無人看守，不該錯過這個好時機。

深夜一點。

只差一點就能跑出刺網，有人發現我們，大喊：「寧願不留活口，也不能讓任何知情的人逃走！開槍！」

「別動！」秦兒大喊。

她對面站的是陳總，她把槍口指向他的眉心，「你們別動，否則我就殺了陳總。」

陳總做出投降的手勢，笑說：「不可思議，沒想到妳居然是秦兒，整得跟王醫師的妻子幾乎一模一樣。」

「這一天我等好久了，我要拽著你的衣領，一起去地獄見陳泉。不知道你兒子會先擁抱你，還是先擁抱我？」

「沒用的小子！他居然會被妳誘惑？妳怎麼求他幫妳的？」

「不是。哪怕一次，我都沒求過他，是他擅自幫我。」秦兒笑，子彈上膛，「他還說愛我呢！」

陳總被好多槍口指著，販子們不敢輕舉妄動，或許是怕失了領袖會群龍無首。

陳總投來目光，「蘇先生，我終於知道暴子爲何讓你進來仙境了。」

他伸出手，指向我，「原來就是爲了今天，藉你的手毀掉一切，讓我垮台，方便他上位。」

什麼？

「我根本沒有叫人把一一〇八抓回來，這一切都是他規畫的。原來如此，情感是人類的弱點，也是最鞏固的武器。蘇先生，落到他手裡算你倒霉。不愧是我帶出來的暴子，這回是我輸給他了。」

陳總到底在說什麼？

「所以呢，這就是你們的計畫？殺了我就結束了？信不信，今天參與的人，明天全會人頭落地，一個都逃不了。」他嘲謔地笑。

「天亮後你就知道了，這個計畫若沒有你兒子可成功不了。」我說。

「陳泉做什麼了？」

藏在衣領的針孔攝影機在顫動，快沒電了。平時搜身搜得徹底，根本無法取得實際證據，現在終於有了機會。

火光映在秦兒豔麗的面容上，宛如浴火重生的鳳凰，她看著我，「蘇哥，將一切公諸於世。」

「金記者說，爲了證明資料的眞實性，妳的身分可能會藏不住。」

「我不在乎。」鏡頭裡，秦兒如釋重負地笑了。

陳總意識到陳泉給了什麼——證據，所有證據。他指向我的手指勾了勾，向狙擊手下達命令。

砰！

那瞬間，小四擋在我們面前。

一槍中了胸口、一槍中了大腿，他喊：「老大快走！帶著弟弟走！我保護你！」

那個膽小的小四，哭著擋在我面前，腳在發抖，身板卻站得挺直。

張三也護著秦兒，不讓她受到一絲傷害。

秦兒大喊：「快走！越遠越好！」

美恩縮在巴士裡如一顆蛋，避免被流彈波及。等到戰場差不多偏離，才隨手拿起一把槍走下車。

她在想自己爲什麼要答應幫蘇千里和秦兒？是念在舊情、私交，還是看見他們眼底的懇切？明知道一旦答應，不可能全身而退。一直以來明哲保身的她，怎麼就偏偏傻了一回？

大概是看見老朋友還活著挺開心的，又或是那兩人的嚮往，害得她也想嗅嗅遠方青草的味道。

她走下山，走回叢林，想著開車遠走高飛。對，快逃吧，逃到錢爹他們追也追不上的地方，再像秦兒那樣換張臉。

她隨便坐進一台車，車子的鑰匙沒拔，兩三下就發動。後照鏡映照出仙境，她看著仙境著火，火光沖天，好美也好澎湃。她想，原來人眞的會爲了另一個人而奮不顧身。

只是現實注定是悲劇，大家都太衝動了。

所有革命都伴隨犧牲，所有犧牲都是爲了成就後人的美好，可是她不要，她才不要爲別人奮鬥，她沒有那麼崇高，她要自己活下去。

視野裡出現錢爹臃腫的身軀。

錢爹朝著山林開槍。山林裡有人？她轉頭，看見了蘇千里和一一〇八躲在一台車後。

如果錢爹發現她在這，會殺了她嗎？會吧。以前她有過好多機會可以下手，爲什麼躊躇不前呢？一次次的肌膚之親，滿是汗液的大床，男人像發情一樣橫衝直撞。他明明破綻百出，在她身旁呼呼大睡，爲什麼她一直退卻？

美恩想，原來自己活成籠子裡的動物了。像老虎對馴獸師言聽計從，是因爲恐懼鞭子，從小被打到大，恐懼會刻入心臟。

「媽媽，我的靈魂還眞是和妳一起被禁錮在這裡了，眞討厭。」

她看著錢爹一步一步走近他們，旁觀故事的結尾。

踩下油門。

✦

子彈打中我們身旁的樹幹。

我拉著小灰蹲下，用車身掩護。

錢爹一步一步走近，他說：「你們打算去哪兜風？當時楊說你們有鬼，我沒信，還砍了他一刀，回想起來眞是後悔。」

沒子彈了，只剩腰間的刀。我把小灰推進車裡，關上門。他拍打著車窗，神色驚惶地看我。

我摸索著草叢，拜託，有沒有子彈，一發也好。

錢爹的聲音越來越近，「我告訴你，你們逃走後，陳總那邊的駭客會調查你們的去向，馬路、商店的監視器，你們會無所遁形。然後，我會派人去抓你們回來，兩人一起吊掛在樹上展示。」

我緊握手中的刀，撿起兩顆稜角鋒利的石子，決定一看見他就扔向他眼睛，不能失敗，只許一次成功。我的手窩囊地在發抖。

「但是啊，我怕麻煩，還是一勞永逸吧。」

他走到我面前，舉起槍。

叭——

刺耳的喇叭聲，車燈由遠而近。樹枝上棲息的鳥被嚇得四處逃竄。錢爹意識到時，朝著那團光不斷開槍，下一秒被撞上，跌落山谷。

車子急剎，差點也摔下山崖。是美恩。

窗玻璃都碎了。我一走近，她語帶恨意地說：「果然不該幫你的，我眞是瘋了，好後悔。」

她中彈了，胸口的血在擴散。我有些慌，讓她別亂動，我馬上開車載她去醫院。

後方有追兵跑下山。

她看著後照鏡，扯出一抹笑容，鎖起車門。

「我就幫你們爭取一些時間吧，算是對你們的贖罪……八年了，謝謝你們和我說過的所有故事，我很喜歡。」

深夜兩點。

我回到車上發動引擎，踩下油門。

後照鏡裡，美恩的身影越來越小，她倒車去找那群扛著槍的販子。我聽見槍聲此起彼落，背景是熊熊烈火，黑煙不斷竄上天，建築在火海裡搖搖欲墜。

轎車駛過了水窪，再後來，他們就追不上了。

夜晚的山林很靜，靜得讓人想大聲尖叫。

誰來鋸斷我踩著油門的腿，再砍下我緊握方向盤的手？

結束錄影。車裡有金記者給的傳輸設備，我們將影片輸出，到山腳終於有網路，我立刻傳給金記者，然後拉下車窗，將手機和所有電子設備全扔進山林裡。

小灰看著我，聲音沙啞，情緒激動，「我以爲你死了。楊說你死了。」

「他說的話你也信？」

小灰看著後頭那片山林火光，「他們很快就會追上來。」

「不會。因爲有很多人幫我們，所以不會那麼快。相信我。」

「哥，我有點想哭，爲什麼呢？」

我頻頻望向後照鏡，張三他們的車沒有追上來，美恩沒有，小四和秦兒也沒有。

「我也是。」我說。

凌晨五點半。

金黃色的太陽從小灰那側升起。我們看見了日出，太刺眼，讓人想流淚。

太陽緩緩從雲層間透出光線，照亮一磚一瓦，照亮早市裡包子攤的蒸爐，照亮人行道上捲起的落葉，照亮我們被濃煙燻黑的臉，也照亮世上所有醜陋與美麗的角落。

萬物復甦，被陽光吻醒。

六點，車內電台開始播報新聞。

新聞快報，凌晨接獲一名記者匿名爆料，國家邊境長年有人蛇集團盤據，作風無法無天。爆料者提供了人蛇集團槍械鬥毆的畫面，警方根據爆料者提供的消息，趕到案發現場，現場已被燒成一片焦土。另外，在燒毀的建築內發現多具遺體，多為未成年小孩，甚至出現外國面孔，生前疑似遭到囚禁，來不及逃離火場。引起大眾注意的，還有影片中已故的陳姓總理，陳姓總理為國內知名財團董事，目前尚在調查是否有其他高層涉案……

金記者剪輯掉我和小灰的部分，加上聳動標題，將第一視角的實錄發了出去。一人傳一人，成了家喻戶曉的新聞，再傳遞至其他國家。有什麼正在網路發酵。

金記者說，當初他就是看見了一些社會亂象才想當記者。想要撼動根深蒂固、腐敗的階層，必須依靠大眾的力量，讓社會輿論對他們施壓。

秦兒和徐記者提供的資料、證據，完美地給了警察辦案的方向。

後來我輾轉得知，網路上有好幾條影片被刪了、被封了，我想是陳總的駭客正在擋下那些聲音。但我也知道，金記者手邊有好多證據等著發布，他絕不會讓徐記者的努力化為泡影。陳泉留下的隨身碟裡，更是列出所有有罪之人，包含他自己與他罪大惡極的父親。

沒人料到一大清早世界會迎來這樣一個重磅新聞。

那些求救與吶喊，終於像蒲公英的種子，飛了出去，遍地開花。

第六章　有限與無常

車裡有我先前備好的生活用品。我和小灰換上新衣服，看起來像是要去長途旅行。兩隻牙刷、一只鋼杯，一切從簡，走走停停。

我將現金全都提領出來，用行李袋裝著放在後車箱，避免之後用卡提款會有被定位的可能。僅剩一張卡沒停，用來繳納媽媽的住院費，設成每月自動轉帳到醫院帳戶。昨天也將手機扔在山林，我們切斷與世界的連結。

一路向北。

春回大地，晨間的風捎來暖意。

灰將車窗拉下一點，探出指尖，風不斷從指縫中溜走。他問我現在是幾月？

「四月，春天來了，你期待嗎？」

他笑了，「期待吧，想知道我們能走多遠？能走到什麼季節？一直到現在，我都覺得是場夢。現在出現在我眼前的你和日出都像一場夢。」

「傻瓜。」我拉他的手貼在我的臉頰，「夢裡有這麼真實的觸感？」

他捏了我臉頰一下，又一下。

有種劫後餘生的激動。電台裡約翰丹佛歡欣地唱，唰啦啦啦啦……

我們開下交流道，到附近一座城鎮賣車——車窗碎成蜘蛛網狀、車身卡著幾顆子彈、車頭撞凹、輪胎上有乾涸的血跡……

小小廢車場前方的機器吊臂正在運作，一台一台車被壓扁，拆車師傅拿扳手的架勢像極了拿刀。他抹了一把汗，不時用懷疑的眼神打量我。我沒來由的心慌，瞬間明白秦兒說過的「對所有人都疑神疑鬼」是什麼感受了。

我立刻回給師傅一個凶神惡煞的眼神，他嚇死了，沒問車的來歷，算好回收鋼鐵、五金的價錢給我，便拆下輪胎和引擎等零件準備報廢。

我們後來買了一輛越野車，二手的不算新，能用就好，經得起跋山涉水就好。

車廠裡的人沒有多嘴，忙著數那一袋鈔票。至於車牌，我早就請小四幫我拿了個報廢的車牌號。八年前我痛恨黑車，沒想到有朝一日自己也開起黑車。

車廠的味道實在不好聞，聞久了就要暈眩。

小灰說，春天是汽油的味道——刺鼻、敏感神經、沉迷。

我笑著搖頭，別那麼早下定論！

行李全都丟上車後，我踢踢結實的車輪，轉頭和小灰說：「一起去旅行吧！」

✦

我們的旅程開始了。

風裡有田園的味道，兩側是一片又一片的水田，放眼望去皆是翠綠。

秧苗種得整齊，間距分毫不差，第一眼覺得療癒，看久了反而會視覺疲勞，以爲車子在原地踏步。

車子駛進一座恬靜安寧的城鎮，沒有高樓林立，只有低矮的三合院座落田間。白鷺鷥低頭喝水，路邊幾攤自產自銷的小農在招客，賣烤玉米的阿婆中氣十足地喊：「來喔！來喔！」

炭烤香氣蠻橫地鑽入窗，勾起我們的食慾，我們這才後知後覺地感到餓。我買了兩根玉米，阿婆戴著斗笠看不清神情，她問，「年輕人，要去哪玩啊？」

我撒謊，「往東邊去吧。」

她熱情地說：「東邊好啊！春季漸暖，花海連成一片。可惜你們來得早，若五月再來，旁邊的丘陵全是油桐花。南方聚溼熱，見不著雪，老伴都說，看桐花飛零就如看飄雪！」

她叨叨絮絮地講了許多，講到人口流失，講到這座城鎮太老，半隻腳入棺材了。我其實沒聽進去多少，只是不停盯著火花，和昨夜一樣的橘紅烈焰，簡直要有陰影了。

烤爐底下，火燒得旺盛，炭木劈啪響。

她拿起削尖的竹籤，用力刺穿玉米——像拿刀捅人肚子一樣。

一幀幀肚破腸流的畫面闖入腦袋。

恍惚之間，我的手按向口袋裡的手槍。早上塡好子彈了，總共六發，看她的動作是右撇子。如果突然襲擊的話，就先射她的右手，再把她按向烤爐……

「大帥哥！好了，一百元！」阿婆的聲音把我拉回現實。

我控制著自己的呼吸，要隨時小心，看清她每一個動作。伸手接過玉米，我把揉皺的紙鈔放在她燻黑的手套上。她笑，「怎麼呆愣愣的？餓暈啦？趁熱吃！」

直到我們坐回車上，她都在後頭熱情地揮手，說著「一路順風」。

我呼出一大口氣，嘲笑自己連買根玉米都提心吊膽。眞是可笑，窮緊張，居然懷疑一個年近七十的老婆婆？

小灰看見了，沒說話，只是把玉米湊到我嘴邊。

我咀嚼幾下吞下肚，開口問，「哥教你開槍，好不好？」刀子速度比不上子彈，如果眞有什麼萬一，至少他得保護自己。我教他寫字、打球、綁鞋帶，從沒想過有一天要教他開槍。

「好。」小灰回答。

車子停在河堤。

我們在雜貨店買了一大袋紙錢，打火機點燃其中一張在雜草上燒，一整疊就延燒下去。燒得挺旺，遠看像極了露營篝火。

小灰幫我把紙錢折成一小疊一小疊，慢慢燒，餘灰被風吹落河面，漂向遠方。

我想到小孩以前總追著地下水跑，想看看盡頭是不是海洋。我突然也想知道，這條河是不是通往同一片海，所有人在那匯聚、再會。我們來辦酒席、唱卡拉OK、觥籌交錯，沒有明天般地盡歡。

「你們各個都是小財迷，見錢眼開。我不知道誰是死是活，自己分，別搶啊！」

「反正都不是什麼好人，一個比一個狠，就地獄見吧！早晚的事。」

「缺什麼就來我夢裡說，但是別頭破血流地來，蘇哥我膽子其實不大。」

「罵我也行，打我也好，死後我任由你們處置，千刀萬剮都可以。」

「這點錢是我一點心意，先收著，我會再燒……」

哽咽，說不下去了。可惡，我不想哭哭啼啼地送你們走。

我擰開那幾瓶米酒灑向河裡，嘩啦啦，空氣染上濃郁的酒精味。像每次兄弟聚會，有人不要命地酗酒，還強詞奪理找藉口喊著「人生得意須盡歡」。那時餐桌上也是這般濃郁的酒精味。

行，敬兄弟，敬所有來不及自由的靈魂，不醉不歸！我會記著所有苦痛，我會背著罪名，都交給我。

遠方夕陽西下，河面閃亮。

小灰靠著我肩膀，一起看火紅的夕陽墜入河面，宛如火球滾燙。

我不斷告訴自己，酒精催化有些醉了，這樣就能合理化怯弱的眼淚。

我對著夕陽呢喃：「對不起、對不起……謝謝……」

我知道，不管多偉大的愛，在那些已逝生命面前都不值一提。儘管如此，在找到小灰的那一瞬間，我還是開心得快哭了。如果重來一次，我還是會選擇成爲魔鬼。我便是如此自私且不後悔。

在一列時速六十英里的火車上，煞車失靈了，只有兩條路可選，一條軌道上是小灰，一條軌道上是兄弟，我終究還是做出了選擇。

太陽隱沒在地平面，夜幕低垂，紙錢餘燼全被吹入河裡。

我揉揉小灰的頭髮，「該上路了。」

「哥。」

「嗯？」

「只要不丟下我，我哪都跟你去。」

這可是你說的喔！我緊緊握住他的手，這一次，我再也不會弄丟你了。

「接下來，我們去猴子的老家吧！」

✦

即使在車裡我們也不敢掉以輕心，總是戴著帽子與口罩，深怕路上哪個監視器出賣我們的行蹤。偶爾在路上遇到臨檢的警察或賣玉蘭花的阿婆，我更是隨時準備踩油門逃離。小灰還說，我們這樣眞像通緝犯，亡命天涯的鴛鴦大盜。

我在一間電器行裡看到新聞。

網路上群眾撻伐，國際警察和人道組織介入了。金記者留有一手，沒有把資料一次全放出，而是慢慢公布，讓案子熱度不減。一旦哪位與仙境有染的官員說謊了，隔天金記者就立刻打臉。後來，在山裡找到了徐記者的屍體，政府更聲明絕對會保護金記者的人身安全。

對了，錢爹的屍體在山谷下被登山客發現。而陳總死於槍傷，不知道是誰開的槍，財團資金被強制冷凍，瀕臨破產。

有一對年輕男女逃出仙境，九死一生，他們選擇勇敢站出來指控仙境，在記者會上聲淚俱下。

幕後人員呢？躲的躲、藏的藏，高層逃得最快，有些在國外難追查，有些早就想辦法脫身了。反正他們內部現在應該很亂，忙著洗清關係，我猜不會那麼快找上我們。

當然，每一天都像是我們的最後一天。

「人類的邪惡超乎我想像！」電器行老闆感嘆地說。

是呀，這陣子很多尋人啟事如雨後春筍般冒出。又或者，其實一直在發生，只是以前沒人特別留心。

社區的電線桿或公告欄，時不時就會出現一張尋人傳單。警察局裡的失蹤案件堆積如山。這些彷彿在說一個人人間蒸發是很普遍的事，離家出走、走失、偷渡、天災人禍、拐賣……有些人幸運地被找回，有些人至今生死未卜。

世界太大，我太渺小。我一路走來認清的，是自己渺小如螻蟻。

因此我們眼中的大千世界無垠無涯。

清晨，我們在公廁洗漱，簡單地刷牙洗臉。

在公廁鏡子前，我說：「你頭髮溼漉漉的模樣好看，剛睡醒的模樣也好看，滿嘴泡沫的模樣也好誘……」

他被一大口牙膏泡沫嗆到，裝沒聽見。一如往常，我講了什麼葷話，他都裝沒聽見，臉皮薄得可以。但他耳根子發紅，分明聽見了，臭小孩。

我們的生活很簡單，生活起居大部分都在車上。車窗裝上窗簾，我們就睡在越野車裡，蓋件毯子，輪流睡，有可疑的人再叫醒對方。夕陽西下後再趕路，遁入黑暗中總是比較安心。

「我們很像夜行動物。」我打開車頭燈，照亮眼前漆黑的公路，夜裡只有我們一台車。

「想起來了，小時候鄰居們都叫我老鼠，眼神很嫌惡。只有你沒用那種眼神看我。」小灰說。

「因爲你是人，不是老鼠。」

「我那時又髒又臭，虧你能毫不在乎地靠近我。」

「他們說你又髒又臭？臭的是他們自己的嘴巴！」

小灰笑了，眉眼彎彎的，「每次你幫我出氣的時候，我都很想親你。」

只會耍嘴皮子不身體力行絕對是一種罪吧！

車子開到窮鄉僻壤後訊號不佳，電台只剩滋滋聲，再來就聽不清了。

我們買了一本牛皮封面的筆記本和一枝鉛筆要寫日記，有時候我寫，有時候他寫。

四月十二日

（不確定是不是今天的日期，哥說雜貨店都擺過期報紙）

麥芽糖、速食店、半顆橘子。
雜貨店小妹妹缺了三顆牙，吃太多糖蛀光了。
陽光下的麥芽糖是琥珀色的，春天也是那樣，琥珀色、雜質氣泡、焦糖味。
電台又聽不清了，它在暗示——
全世界會忘記我們，我們也會忘記全世界。

✦

崎嶇的荒地在越野車輪下如平地。小灰偶爾會暈車，打開車窗將胃裡的東西吐個精光。

聽說開車的人比較不會暈車，於是我教他開車，他很聰明，一點就通。後來，偶爾是我駕駛，偶爾是他。我笑說，我把命交到他手上。

猴子的遺物只有一封遺書，以及一袋錢，那是我們在黑社會賺的髒錢，他存了不少。

他說過，他家有兩老和一個瘸子弟弟。弟弟生下來左腳就萎縮，無藥可醫，此生走路都要拄著拐杖，生活起居都很不便。

猴子是爲了錢才進這行的。他說弟弟不好找工作，當哥哥的就得努力點，他毫無怨言。猴子眞的很照顧他弟弟，所以才更能理解我想找到小灰的心。

我們來到猴子的出生地。

家家戶戶間隔遙遠，有事就用喊的。水車慢悠悠轉動，我嘗了一口，清涼解渴。空氣中有牲畜堆肥的味道，牛隻在田間散步。遠方山脈光禿一片，北方似乎受乾旱所困。

鄉下地方不像都市樓房釘著門牌，我們摸不清方向，向農田裡的老翁問路。他說：「有個瘸子那家？往上走，小山坡最上面那家，門口在曬蘿蔔乾的就是了！」

鄉間小路不好開，我們將車停在山腳，步行上去。佝僂老人坐在竹椅上乘涼，他搧扇子，偶爾出手趕蘿蔔乾上徘徊的蒼蠅。電視機開得很大聲，上坡路才走一半就能聽見。

「老先生，我是猴子的朋友。」我說。

老翁愣愣地看著我，「蛤」一大聲，滿臉困惑。

「我爸有重聽，你那樣講他聽不見。」

身後是一位年輕男人，似乎剛忙完農活，衣服上黏著泥土，白色背心染成黃棕色。他拄著拐杖，一瘸一拐，直接走到老翁耳邊大喊：「猴子的朋友！」

老翁立刻情緒激動，「那不孝子在哪？猴死囡仔！我非得拿藤條教訓他一頓！」

啊！我發現我在顫抖，害怕、羞愧、負罪感……快要將我淹沒。

猴子弟弟招呼我們進去坐。他消失一會，再回來時端著一盤梨子，「抱歉，沒什麼能招待的。」

我深吸一口氣，將那封遺書和遺產交給他們。兩老淡定地拆了那封信，字很小，他們拿放大鏡一個字一個字讀，只差沒念出聲。空氣很安靜，耳邊都是蒼蠅振翅嗡響。

我不敢看他們的表情，低頭、指尖顫抖、眼角發澀什麼話也說不出。小灰握住了我的手，掌心的溫度傳遞過來，我懂了，他在陪我面對所有的罪。

良久，老翁才大聲地說：「我還以爲那囡仔嫌我們煩、拋棄我們！」

老太太撫著上面的筆跡，像撫著孩子的臉一樣慈祥，動作很輕柔。

「你知道猴子這幾年怎麼過的嗎？他每次拿錢回來，我們問他都不太提，只知道他在做些不好的事，勸也勸不動。」

「他是個好人。」我艱難地開口：「非常好、非常好的人。」

我回憶起那段荒唐歲月。第一次和他搭擋那天，他特別興奮，還毛毛躁躁的，我一度認爲他靠不住。

猴子向我承諾，他打架不厲害，腦子也不厲害，但做人絕對義氣。他說過，他的夢想是當俠客，路見不平，拔刀相助。還說我白長了張好看的臉，個性不夠圓滑，出來混才不看長相，最看重做人處事。

他說過，他的弟弟生來殘疾，常被村子裡的人欺侮，他不能隨時隨地護著弟弟，總是擔心。

他說過，這行風險高報酬也高，他想多賺一點，讓家裡生活過得更好。

他說過，他家醃的醬菜和蘿蔔乾可美味了，街坊餐館都比不上，有空要帶我回去嘗一次。

他說過，如果有選擇，誰不想當個好人。

他說過……

當我意識到時，眼淚已經流下來了，情緒瞬間潰堤，說得很急，「對不起，猴子、猴子是因爲我死的……是我把他牽扯進來，他袒護我、幫我扛下一切，我沒有救他。我能活著都是因爲他……對不起、對不起、對不起……是我扣下扳機……」

老太太賞了我一巴掌。兩個、三個、四個……電視機音量都沒巴掌響。

她的手在半空中停格，顫抖，最終放下。

然後她握住了我的手。用像媽媽一樣，布滿皺紋的手。

「你是蘇千里，是嗎？他說你在找失散的弟弟……找到了嗎？」

我點頭。

「信裡寫，你是個可靠的人，他一直很受你照顧。猴子說他做事浮躁，總是需要你來收尾。爲你找人，他不曾後悔，還在信裡炫耀自己正在幹大事呢！」

她眼角有淚，「我一直很怕他横屍街頭，沒半個替他收屍的人。我們家猴子，最後……有好好地被安葬嗎？」

「我讓他長眠在野溪旁，他帶我去過，五月會有滿山滿谷的螢火蟲。」

老太太點頭，「螢火蟲，挺好、挺好。」

老翁坐回外頭的竹椅趕蒼蠅，「就只知道逞英雄，跟他爸一個樣！」

不要對我這麼溫柔，應該要狠狠地打我、罵我、詛咒我！我窮盡一生也無法贖完的罪，無法換回你們寶貝兒子的生命，至少你們應該要恨我才對！

淚水徹底模糊了視線。

餘生，我想要做一個好人，眞正的好人。

日暮時分，我幫猴子的弟弟去井裡汲水。他要拄拐杖，還提著幾個大水桶，太勉強了。我提著水桶，他帶我走到井邊，邊聊起家裡的狀況。

「去年大旱，溪水乾涸，灌溉水不夠，農作物都死了一大半，從那之後村裡就鑿了幾口井。」

「一直都是你來取井水？」

「對，因爲兩老的手使不上力。很可笑吧，一桶滿滿的水，我提回去都灑一半了。」

我彎腰，幫他盛滿那一桶桶的清水。

「以前村裡有些人會欺負我，看我跑不快就朝我扔石子。我哥看見了，氣呼呼地扔回去，有一個人還被他砸得頭破血流，村長協調了好久才和解。那些惡霸嚇死了，之後就不太有人敢欺負我。」

「眞是猴子的作風。」

「我哥就是我的英雄，他爲了多賺點錢就混幫派，我眞的很氣。不是氣他，是氣自己什麼忙都幫不上，都是因爲我這該死的腿，他才要活得這麼辛苦。」

「他不希望你自責。」

「他一直是我的英雄。所以，爲什麼要把我的英雄害死呢？」

我愣住，突然感受到一股力道，我直接被推到井裡。

我以爲我會跌死。我嗆了一大口水，渾身冰冷，井水很深卻不至於摔死。我浮出水面呼吸，看著猴子弟弟那張悲憤的臉孔。

「爲什麼爸媽不怪你？明明就是你害死哥，爲什麼他們都不怪你？我寧願他是拋下我們快活去了、去城裡吃香喝辣了，也不要等到他的死訊！」

他崩潰地哭喊，五官扭曲。我太知道那是什麼感覺，世界彷彿天崩地裂。

「對不起、對不起、對不起……」我在幽暗的井水中，一直重複這句話，喉頭乾啞。

他在井邊居高臨下地看我，然後轉身消失在井邊。再回來時，手裡抱著一顆大石頭，我感覺全身血液都凝固了。

他顫抖著身子，舉起石頭，「別怪我，一切都是因果報應。」

我沒想過要一直苟且偷生下去。

我的生命是很多人給我的，沒有他們，我早就死了，所以我這條命算是跟美恩、跟兄弟們借來的，遲早要還，過一天是一天，不奢求長命百歲。

但是身邊有了小灰後，我就變得很貪心。我不想死，再給我一天，一天就好，我好想再和他共度一天。蒼天有眼，應對有情人垂憐。

「你敢丟下去的話就殺了你。」

小灰的聲音從井邊傳來，他拿著一把小刀抵在猴子弟弟的脖子上。

「你什麼時候……」

「我一直跟在後頭，因爲覺得你的神情詭異。」

「是嗎？還眞機靈！」他哀慟地喊：「我要讓你也體會到失去哥哥的痛！」

「那你的父母就會再體驗一次失去兒子的痛。」小灰平靜地說：「在同一天裡。」

小灰並不是開玩笑。刀鋒在他脖子上劃出一道淺淺血痕，此刻小灰的眼裡只剩殘忍的野性，彷彿劃開喉嚨對他而言輕而易舉。

我喊：「小灰，住手！」

小灰置若罔聞，「把石頭扔到一旁。」

他們對峙了很久，誰都沒有動作。猴子弟弟悲憤不已，「先是害死我哥，現在又要殺了我，你不覺得這態度很厚臉皮嗎？若是蒼天有眼，應該要天打雷劈滅了你們！」

「或許吧。」小灰走近猴子弟弟，刀口也越陷越深，「你哥哥是你的英雄，那怎麼辦？我的哥哥也是我的英雄。」

我聲嘶力竭地喊：「別這樣！小灰！」

血珠滴在猴子弟弟滿是泥濘的背心上。小灰是認眞的，仙境教會了他殘忍與無情——適者生存，不適者淘汰。可是這裡不是仙境，是還值得我們迎接明天的社會呀！

「所以誰都不能從我身邊奪走他。」小灰說。

他的眼神太滲人，猴子弟弟慘白著臉往一旁扔掉大石頭。我聽見聲響，似乎是他站不穩摔倒了。小灰握緊手中的小刀，消失在井邊。

「小灰，聽話！你敢殺人試試看！」

腳步聲似乎頓住，小灰回到井邊，和井裡的我四目相交。

已經夠了，求求你。我們不要再過那種日子，我不能讓你也成爲惡魔，那樣我眞的無法原諒自己。

我朝著小灰伸出手，從來沒有這麼懇切，「和哥一起遠走高飛吧。」

四月十七日

小朋友，我帶你去遠方。

可能日曬雨淋狼狽了些，不保證溫飽，沒收拾行囊，也沒定個方向。反正都聽你。

打個商量，去不？

✦

爬回地面後，天已經黑了。

我重新裝滿那幾桶水，朝著摔在一旁的猴子弟弟伸出手。他極度害怕，往後爬了幾步，拒絕握我的手。我幫他撿起拐杖，讓他自己哆囉哆嗦地站起身。

「幫你提回去後我們就會離開。」我說。

老太太準備了粗茶淡飯，我們說要趕路，不顧她的挽留，只是口頭承諾下次再來看他們。

小山坡上，年老失修的路燈閃爍，猴子弟弟站在路燈下，「不要再來了，永遠不要！下次再看到你們，我真的會殺了你們！」

「好。」我從後車箱拿出另外一袋紙鈔，「未來十年的份。我答應猴子要照顧你們。」

猴子弟弟堅決不收，我直接把那袋紙鈔放他腳跟前，「不要就扔了吧。」

在那張頹喪的臉上，我看到八年前的自己——記憶混沌，白晝黑夜都失去意義，活得行屍走肉。

「我相信因果報應。所以我現在有多幸福，以後死亡時就有多痛苦。」

聞言，他抬頭看向我。

我深深鞠了躬，「在那一天來臨之前，請一直詛咒我，並堅強地活下去。」

發動越野車，我們又上路了。

我們在城鎮裡簡單地吃飯、加油，二手車比想像中耗油。

偶爾在雜貨店買一份當日報紙，好得知外界的消息，多半是與我們無關的桃色新聞。

我原本拿了自己習慣的菸，轉念一想，又和雜貨店的阿嬤說拿最便宜的。

她拿了個來路不明的菸盒給我，「便宜，焦油量也低。」

一看就是走私菸，之前幫派也幹過類似的交易，爲了逃避菸稅全都藏在貨櫃裡，換個外包裝，裡頭都裝不良品。廉價菸品實在不好聞，劣質貨，抽幾口就噁心。

只要和城鎮裡的人擦肩而過，我會伸手壓低帽簷，幾乎養成習慣。有種世界只聚焦在我們身上的錯覺，讓人心慌，而其餘人皆成失焦散景。

又或者恰恰相反，我們才是被世界排除在外的人。

如果說網路是無形的眼、無所不在的監控，那我們就再走遠一點，走到只剩青山綠野的原始大地，直至沒人能找到我們的去向。

回到車上，我打開車內廣播。

政府承諾，今年會掃蕩境內所有人口販賣組織，但人民已經失望透頂，不斷湧入中央抗議。更有孩子的母親痛訴，警方一再吃案。另外，上次在記者會出面指控仙境惡行的Ｂ男（化名），今晨被人發現死於碼頭，據知，目前南方已超過百萬人連署，要求政府嚴加調查，並保障被害者的安全，外界也呼籲儘早訂立對應法案，才能挽回民心……

我們遇到了一座天然洞窟。正對面有瀑布傾瀉而下，水霧之間起了彩虹。我們決定在洞穴內待幾天。

小灰說：「這種原始的生活也不錯吧？」

「你喜歡的話我也喜歡。」

我看著明如鏡的湖面久違地刮鬍子。刮鬍泡是早上在雜貨店買的，小灰替我塗抹上刮鬍泡，再順著臉部輪廓刮掉。他怕刮傷我，動作很輕，於我而言像是搔癢。

「薄荷涼死我啦！你再不刮快一點，我就要親你了。」

「別鬧，等等刮傷你怎麼辦？」他緊張地說。

「那就只好對我負責了。」我厚臉皮地說。

「怎麼負責？」

我摩挲著他的無名指，「這樣。」

午後陽光正好，照進他的淺灰瞳孔裡。耳邊是瀑布嘩嘩落下的聲音。他親了我，那是一個覆滿刮鬍泡泡沫的吻，淡淡的薄荷味。我們兩個像極了白鬍子聖誕老人，一起看著湖面倒影笑對方。

你期待那樣的未來嗎？一起老去、一起走到滿頭白髮。

我們沒辦法登記，我知道不會有那天。

灰是不存於社會上的幽靈人口。逃亡後，我也是放棄名字與身分的人，死後也不會擁有墓碑。沒關係、沒關係，你是我的，我也是你的，彼此知道就夠了。

夜幕低垂，北方地冷，春夜仍未回暖，小灰蒐集一些細枯枝放在洞窟口，我用打火機生火。

我們躺在石洞裡，小灰講起了還沒遇到我以前的事。

他在公園裡看見兩個上班族，咬了一口漢堡，說難吃就丟在長椅上。等他們走後，他躡手躡腳走到長椅旁，打開紙袋，把那個被嫌棄的漢堡拿起來吃。麵包鬆軟，肉排又香又嫩，漢堡還有餘溫，他狼吞虎嚥全吞下肚。

「噗哈哈哈！」男子躲在樹後笑彎了腰，「我就說那個小孩一直偷看我們，肯定會撿去吃！」

他又羞又難堪，拔腿就跑。那是他第一次對自己的身分感到羞愧。

大人的目光，小孩其實都讀得懂，久而久之，會覺得自己被不善目光或尖酸言語對待，這都是正常的。

他讀懂了社會階級差異，讀懂了貧窮與富貴，明白自己原來是過街老鼠。

所以當第一次有人不再用嫌棄的目光看他時，他產生了好奇心，微小又陰暗的角落第一次照進了光。

「聽起來你很早就暗戀我了。」我樂到不行。

「其實我一開始也很茫然，這究竟是對哥哥的依賴和崇拜，還是對一個人的喜歡？」

「你怎麼得出答案的？」我輕撫他睏倦的眼，「別睡，我想聽。」

他偏頭，「我好睏，下次再告訴你。」

「你在裝睡。」

「沒有。」

「快說。」

「哥，每個春天我都想和你一起過。」

被反撩了，內心小鹿一頭撞死。我摟住他喊快睡，怎麼他嘴裡的每個春天，我聽來都像是一輩子？

他入睡後，我才藉著篝火火光寫日記。

我們在那座瀑布待了兩天，徹底洗淨身子和衣服，衣服曬在大石頭上，曬出陽光的味道。

又踏上旅程。

我們一直向北開，沒有目的地，往人跡罕至的地方走比較安心。

開始下雨了，越野車的沙塵全被雨水帶走。途經一座算繁盛的小眷村，路上充滿花花綠綠的傘花和雨衣。看了太多青山綠野，回過頭來看人煙，反而覺得陌生又格格不入，像極了不合身的衣服和褲子。

巷子尾有一間小旅店，招牌寫「有熱水」。

老闆出來攬客，「眷村附近只有我們一家旅店，錯過就沒了，往前開全是荒郊野嶺！」

我們還想往前開看看，但他很堅持，「前方危險！下雨天會有土石流的！」

雨下得實在太大，我們決定在此歇息一晚。老闆幫我們點起煤油燈，掛在屋簷下，飛蛾和白蟻一擁而上。

老闆是個四十多歲的男人，他來回看了我們很久，笑得合不攏嘴，視線讓人不自在，才誇讚兩兄弟都俊俏極了。

雨淅淅瀝瀝地下，我親了小灰頭髮一下，把他裹進棉被裡，「我想把你藏起來，別人只瞧一眼我都嫉妒，是我心胸太狹窄了嗎？」

「瘋子。」他踢我一腳。

說了一句早點睡後，小灰眞的就閉眼睡了。嗯？他的浪漫細胞呢？床都鋪好了，這時候不是應該順著氛圍自然而然做點事嗎？

好吧，看來連續幾天的奔波累壞他了。

我起身去陽台抽菸。回憶這些年，我沒什麼變，依然深陷那雙灰眸，不管是八年前還是今天，都陷進去了。那時我天天摸著良心，說要保持距離，說給鬼聽呢！我想，原來自己是個無法堅守原則的人，又想，我眞是爲他著魔。

清晨五、六點我就被吵醒。眷村人家醒得早，能聽見大鍋炒菜的聲音、吆喝小孩起床的聲音，還有公雞啼叫。到處是生活氣息。

雨停了，路面積了水，世界有如水洗過潔淨，讓人生出世界是嶄新的錯覺。

這裡一戶挨著一戶，依山而居，到處是狹長樓梯，有如一座小山城。

老闆親切地導覽。眷村是以前的空軍指揮部，上頭還留著古蹟通訊塔，這裡住著退伍老軍人。剛好今天眷村有活動，邀請我們不趕時間就留下來一起玩。

眷村裡有一座大涼亭，是居民平常聯絡感情的地方，每個月會舉辦一次聚會，一家一菜，大家一起吃飯、跳舞、唱卡拉OK。

我好久沒感受到這種人情味。應該說，我太久沒與外人長時間交談，有點懷念了。

他們把我拉進人群中跳交際舞，老人要我陪他下一局象棋，天南地北地聊。

我吃到熱呼呼的家常菜，太久沒吃了，手藝過於美味。幾位阿姨搬出了行動卡拉OK，大家搶著點歌，熱熱鬧鬧。

「很棒吧，這畫面。」老闆和我搭話，我輾轉得知他姓余，在當地經營旅店十年有餘。

「會讓人嚮往呢！」我附和地說。

一名婦人開始唱歌，唱的是鄧麗君〈小城故事〉，她眼中帶淚，把這首歌唱得婉柔哀慟。

小城故事多　充滿喜和樂

若是你到小城來　收穫特別多

余老闆拿出一瓶紅酒要敬我，我以等等還得開車爲由婉拒，但後來實在盛情難卻，連喝了好幾杯，連同小灰的份一起。

是今天心情太好了嗎？還是喝得太急？總覺得特別快就醉了。不對勁，有哪裡不對勁。

「但是這畫面三個月後就見不到了。該死的政府迫遷，如果我們不能買下這座山就不能繼續住。如你所見，大家幾乎都退休了，花的全是養老金，誰有那麼多錢？」

他的聲音顫抖著，「仙境的人三天前來電話，說通緝的老鼠被監視器拍到了，在前面那座小鎮的商店。我就想，你們該不會往這裡來吧？剛好自投羅網，太幸運、太幸運了。只要把你們交給仙境就有高額懸賞獎金，能守護我們的家。」

他在說什麼？仙境、通緝、懸賞獎金。

我坐在長椅上，眼皮越來越沉重。這紅酒有問題，可能加了類似安眠藥的東西。我起身，拿起水果盤裡的叉子，用力刺向手心，疼痛讓我半分清醒。

總算知道那一股怪異的和諧是什麼，人情味太多了，一旦過頭就像演出來的。

卡拉OK的背景音樂還在繼續，月琴聲和吉他聲還縈繞在耳邊，只是歌聲停了，所有人都轉頭看我和小灰。

老闆拿出麻繩，「我其實、其實很感謝你們毀掉那裡，我早就不想幹了，但我也是被生活逼急了，眞的走投無路！我已經聯絡仙境了，乖乖聽話，別做無謂的抵抗。」

小灰沒喝酒，神智清醒。他擋在我面前，拿起自己的小刀和桌上切蘋果派的小刀，

「別過來。」

「你們是最後的希望，只要有那筆錢，大家就能繼續生活下去……」

話未說完，小灰就衝了過去。余老闆的身手也不錯，拿起桌上的刀來擋，不分軒輊。有村民趁亂衝來捆我的手腳，我用盡力氣把叉子刺進他的眼睛，他慘叫一聲倒在地上。

我明明說過不想再過這種生活。

剛剛和我下棋的退伍老軍誇讚，「下了藥動作還能這樣敏捷，太厲害！」

聽了那話，我大吼，「殺了人有什麼好驕傲的！」

更多人衝上來壓制我，我被壓在溼潤的草皮上，又吼了一次，「殺了人有什麼好驕傲的！」

「夠了！」前方拿著麥克風的婦人大吼。

她切斷音樂，泣不成聲，「前天討論的時候，我已經說過不准、我反對！余老闆你也是，我知道你在做不爲人知的交易，錢都拿來補貼我們，不和我們說細節是爲了保護我們。於是，我也一直裝聾作啞，裝作不知道那些失蹤的旅客去哪……但是夠了、夠了！拿到錢後，得以繼續居住又怎樣？我們還能像現在這樣，快樂地唱歌或吃飯喝酒慶祝嗎？良心不痛嗎？我不行，至少我不行，幸福不該是建立在他人的苦難之上啊！」

四月二十五日

灰睡了，我也差不多該睡，可是我現在精神很好。

怎麼可以在睡前跟我說情話：）

好啊，一起過吧，不管是一百個還是一千個春天。

火光是最好的夜燈，湖面有第二個月亮。猴子，你說得對！草原是眞的會發光！

晚安、晚安……

✦

一陣雷響，山區又開始飄雨，烏雲密布。

「那我們怎麼辦？」余老闆哭喪著臉，問台上的婦人。

「不知道，大家同心協力想想其他辦法吧，大不了就一起當流浪漢。」婦人擦掉眼淚，豁達地笑。

老闆牙一咬，推了小灰一把，「快走！趁我還沒改變想法前快走！」

見我們愣住，他又說一次，「快走！他們等等就來了！」

小灰跑過來拉我起身、撐著我的身子。我沒力氣了，一步一步走得踉蹌，走經那位婦人時，我模糊地說了句謝謝。

她又開始唱歌了，哽咽的〈小城故事〉。我之後聽過好多人唱這歌，卻沒一人能復刻她對家園的愛與情懷。

回到越野車裡，我們兩人都汗流浹背。小灰踩下油門，一路上傾盆大雨。我記得我摸出了槍枝和子彈，不停望向後照鏡，怕有追兵，但我終究抵抗不了藥性，陷入黑暗中沉睡……

再次醒來是在公路上，這區沒雨了，還出大太陽。沙石飛揚，公路兩側貧瘠、寸草不生。

小灰不在駕駛座上。

我著急下車，喊了幾聲，聲音都在抖。終於看見他從遠方走來，熱浪使他的身影模糊幾分，我衝過去抱他，說我快嚇死了。他告訴我壞消息，越野車在半路不幸地沒油了。他找了一圈，附近是荒郊野外，杳無人煙。

我們在原地等了快三小時，才等到一台計程車經過，司機的鄉音聽來倍感親切，溝通並無大礙。他熱心地說要載我們到最近的城鎮裝汽油，再載我們回來。

「我啊，就是專門跑這線的，可以放心。時不時會有像你這種車子半路沒油或拋錨的，從這走到城鎮太遠了，會被太陽曬成乾啦！」

「車子怎麼辦？扔在這？」我問。

「不行不行，被偷了怎麼辦？你們不是有兩個人嗎？一個人留在這就好啦！」司機說。

那瞬間，強烈的牴觸感湧上心頭，我害怕分離、害怕小灰再次消失。如果他消失了，我又要花幾年才能找回他？何況早上經歷了那一齣，我已經無法輕易信任其他人。

「還是您去幫我們取油，錢從現在開始算，加倍也行。」我問。

「不行！上次就有個小伙子這樣說，結果等我回來，他連人帶車消失了，媽呀，害我白跑一趟！」

「我先付清車資如何？這樣您絕對不會虧。」

「哎！那也不行！先收車資有違我們行規，要我違規，我不幹。」

「我眞的不會跑走，拜託了。」

「不要就算了！你們等別人經過吧。」

「我待著吧，不會有事的。」小灰開口。

我還猶豫不決，司機催促，「來回一趟就三十分鐘，能出什麼差錯！」

內心一陣天人交戰後，我艱難地答應，再糾結下去只是浪費時間，至少車要有油才能動。

我握著小灰的手，「車內的槍我都教過你了，記得吧，要保護好自己。」

「沒事，別擔心。」

「我會馬上回來。」我承諾。

我坐上計程車，頻頻回頭望，他站在車外目送我離去，我捨不得移開視線，直到他的身影越來越小，再也看不見爲止。

計程車司機熟情地和我聊天，說其他同行都不懂他幹嘛跑這條，不好賺。他說錢乃是身外之物，人生除了錢還有很多東西，每次旅客在荒野中，看到他猶如看到救星，就覺得這行還有做下去的理由。

「說起來，我們計程車同行有個群組，裡頭有個司機成天到晚在找人，之前找一個灰眼的小男孩，現在又要找一個失蹤男人，和你眉眼很像！聽說和那個吵得沸沸揚揚的人口販賣案子有關，估計死在哪了吧？真可憐，我那同行應該是他朋友，一直在找他。」

天底下會有這麼巧的事嗎？

「那個同行叫什麼名字？」我問。

「名字？我想想啊，群組裡都是叫綽號或車牌號，沒記錯的話是『李胖』吧。」

我噗嗤一聲笑了。真是個心地善良的傻瓜，我說要當不離不棄的朋友，你就真的沒有放棄我。人生何德何能遇到這種朋友。

熱淚盈眶，我看向窗外，「世界那麼大，總有一天會再相遇的。」

「嗯、嗯，我們也都是那樣安慰他……」

我們很快裝好幾桶汽油返程，我一度想請司機幫我報平安，想想還是作罷。李胖，真想和你說「我很好，一切平安」。

但是不聯絡對你們而言才是安全的，你們不該和我有所牽扯，請原諒我的不告而別。等哪天我們安頓好，一定可以再相聚、再閒話家常。世界一定能讓我們等到那天。

回程是一樣的景色，越靠近我就覺得越怪，荒蕪的公路上不只我的越野車，還停著一台名牌車。

「怎麼多一台？太幸運了，剛好可以再做一筆生意！」司機說。

不對。才不是什麼巧合。

衝進仙境那晚的戰慄感又回來了，我頭皮發麻。先下了車，激動地讓司機開走，離這邊越遠越好。他一臉疑惑不信邪，直接往前開去，想找那台車搭話，卻發現裡頭沒人。

再低頭一看，司機喊：「哎！哎！媽呀地上有兩個死人！」

砰！

越野車內有人開槍，子彈貫穿計程車的窗戶，打進後車箱裡我們剛裝滿的油桶，計程車連人帶車燒起來，司機受困在那，動彈不得。接著「轟」一聲，整台車爆炸，司機慘叫一聲後就沒了聲音。

我愣愣看著眼前的火球，幾秒鐘前我們還在車上聊到李胖，轉眼間生命就成虛幻泡影。

越野車內，小灰做出投降手勢被推著走下車，後方有一把槍指著他的後腦勺，是暴哥。

「小老弟，過得好嗎？」他邊灌酒邊笑。

心臟撲通撲通狂跳，甚至有些耳鳴和不舒服，感覺有數條蟲鑽過毛孔。我明知總有一天會遇上暴哥，我明明早就有所預料。

我裝出一個笑容，「暴哥，有事好說。先把槍收起來，不關他的事。」

「怎麼不關他的事？」暴哥用槍口搔癢，「我實在太小看你了，把仙境破壞成那樣，還把那麼多人一網打盡，我沒料到你能幹得這麼精采。凡事總得有個動機，他就是你的動機，怎麼不關他的事？」

我的笑容僵在原地。想起過往的種種，一切都有了關聯。

當初錢爹一聽到暴哥的名字，就喊我「貴客」。

陳總那晚笑著說：「我總算知道暴子爲什麼邀你來仙境了，原來是要藉你的手毀掉一切，讓我垮台，方便他上位。」

而美恩總是天天與暴哥耗在一起，一通電話就得走。

「你……是仙境的高層。」

「嗯哼。」

「你一開始就打算讓我殺了陳總，好讓你有機會從中掌權，對嗎？」

「嗯。」

「陳總根本沒有下令把小灰帶回去，是你安排美恩這樣做的，對嗎？」

「嗯，沒想到那婊子最後居然幫你。」

「你明明以殺人爲樂，爲什麼不親自殺了陳總？」

「這事呢，和政治有點像吧，要大家心服口服聽我命令可難了。看著你，我想到了這個方法，你先殺陳總，我再殺了你，像不像平定內亂的英雄？」

「聽說還通緝我們了，提供懸賞獎金？」我說。

「哎，總得把場面搞大，這樣我殺了你，才値得大家敬畏追崇。」

我算什麼。不過是顆棋子嗎？

我的情感、我的眼淚、我的憤怒，全被拿來利用，在權力鬥爭中消耗殆盡。

「不過我倒是沒想到半路會出現她，陳總兒子愛的那女人。哇！他兒子是被灌迷湯嗎？居然把那些證據和資料全給她，連我也自身難保，花了一些手段才脫身，仙境快被你們連根拔起了。」

我悲憤地喊：「你一開始就知道，八年前的家門口！你明明知道小灰會被賣到仙境！你明明什麼都知道！我殺了、殺了那麼多人……猴子、刀面，才得到了一絲線索！還讓那群兄弟犧牲……我他媽的花了八年時間找回他！」

「看一個人慢慢墮落成爲魔鬼，多有趣啊！不給你多一點打擊，你怎麼會成長？」暴哥身後是熊熊大火，有了幾桶汽油的助燃，車子被燒成廢鐵，迎面皆是焚風，暴哥彷彿從業火走出的惡魔。

我摸摸外套口袋，沒有槍，槍都留在車上了，我根本手無寸鐵。風沙不停肆虐，不知道是沙子吹進眼睛讓我想流淚，還是此刻實在太絕望。

我往前走幾步，跪在荒蕪的公路上，「放過我們。」

「我不是說過嗎？我們都是聽命的狗，上頭說殺誰就殺誰。」他笑得狂妄，「雖然我現在已經沒有上頭了，不過怎麼辦呢？我得殺了你，才能坐穩那個老頭坐到爛的位置。對了，還是得誇你，帶著平常吃喝玩樂的兄弟們去送死，夠瘋，我當年眞沒看走眼！」

爲什麼？爲什麼這世界如此殘忍又瘋狂？

只是想兩人一起生活，度過平凡的一天，只是這麼微小的願望。

視線越過火焰，落在遠方連綿成片的禿山，熱風挾帶的沙石不斷劃過臉頰。

「求你，暴哥，我求你。」

如果張三看到肯定會抓狂吧，會說我怎麼能拋下自尊跪在暴哥面前？無所謂，面子或名譽我都無所謂了。

「哇！還眞是什麼都做了，眞難看！」他大笑。

地上有兩個人，應該是和暴哥一起來的。他們早已斷氣，身上有槍傷，看來是中彈而亡。我的槍也扔在地上，彈匣空了，應該是小灰開的槍，他很努力地反抗了。

小灰眼裡都是驚懼，剛剛一定嚇死了吧。沒事了，哥來了，哥回來了。

「我教過你吧，做這行的，不要被人發現你的軟肋。」他將手搭在小灰的肩膀上，「被我發現了，怎麼辦呢？」

「暴哥，求你放我們一馬，我會安靜的……」

「給你們一個機會。」他笑著將另一把槍放進小灰手裡，「我給小可愛一個機會。他很厲害啊，有潛力！怎麼樣，這畫面是不是很熟悉？」

「蘇千里，這次換你來當猴子的角色啦！」暴哥手中的槍口抵著小灰的太陽穴。

記憶彷彿被強制召回碼頭邊的貨櫃，月夜，一輩子的惡夢，可對暴哥而言，這只是場遊戲。

「小可愛，殺了你心愛的哥哥，我就放你一馬。但是如果你捨不得開槍，就換我開槍囉！」

暴哥雖然瘋狂卻守信用，就像之前在碼頭貨櫃放過我那次一樣。

小灰，你一定要好好躲起來，答應哥，好好照顧自己。此後這幅畫面肯定會成爲你畢生的惡夢吧，眞的太對不起你。早知這是我們的終點，剛剛應該再多看你幾眼，再多說一句話。

「小灰，聽話。」我溫柔地喚他名字，微笑，「開槍。」

暴哥張狂地笑，開始倒數。

「三。」

小灰顫巍巍地舉起槍，眼角都紅了。

沒事的、沒事的，別哭。

「二。」

「哥，小時候你說過，如果我不乖、不聽話，就要把我丟掉。」他啞著聲開口。

剎那間，我意識到他想做什麼……

「我不乖了，現在你丟掉我吧。」

「不要！」我大喊。

「一。」

砰——

砰——

四月二十七日

（雨夜，在小旅店的櫃檯旁寫的）

麵攤、燒臘飯、番茄、半根香蕉。

我才要把你藏起來，別人只是瞧一眼我都嫉妒。

你那麼輕易就走入別人眼裡。
你太顯眼、你太張揚，像不眠的太陽和每個深夜的月亮。

✦

兩道槍聲同時響起，一槍打在暴哥肚子上，一槍打在小灰的耳廓。
暴哥本來瞄準了小灰的太陽穴，但小灰驀然轉頭，暴哥因此失了準頭。暴哥瘋狂地喊，繼續開槍，我衝向他，踹掉他手上的槍。我們扭打成一團。
「記不記得我說過，我愛死你的眼神啦，現在也是！」他揍我一拳，「你是注定要活成惡魔的人，還妄想洗白什麼，眞虛僞！」
我聽不進半句，不知道哪來的力氣，我把他拖進後方的火海裡。當下我根本感受不到燙或疼痛，他一爬出來，我就踹回去，甚至撿起腳邊滾落的酒瓶，把他心愛的酒全淋在他身上。烈火霹靂啪啦，我不讓他逃離火海，一直踹、一直踹，直到他再也無法哀號、再也動不了爲止。
我蹣跚著走向小灰。
他坐在公路上，背靠著我們的越野車，白色的衣服上都是血，像在純白雪地盛開的彼岸花。
他的右大腿中彈了站不起來，僅抬頭看我，「哥。」
「沒事了，沒事了……」我抱他上車。

我在火燒車附近找，瘋狂地找，終於找到受爆炸風流飛出來的小油桶，灑了一些油出來。但有總比沒有好。我迅速地加完油，不知道這一點點油能撐多久。

我死死踩著油門。醫生，得找個醫生才行！

「小灰，你剛剛眞的好厲害，你殺了那兩個壞人嗎？第一次開槍這樣已經很厲害了。對了，剛剛那個人是暴哥，是他帶我入行的，他眞的很爛吧，明知道你在仙境卻沒告訴我，害我兜了那麼大一圈……小灰，你有在聽嗎？回答我一下！」

「哥，哥，蘇千里。」

「嗯？你說，我聽著呢。」我聽到自己的聲音在抖。

「我愛你。」

這句話是壓垮駱駝的最後一根稻草。

我失去冷靜，瘋狂地喊：「操！不准睡！你他媽的不准睡！起來！給我起來！」

鄰近一座村落，放眼望去都是農作物，沒有人，只有田間哭喪著臉的稻草人。烏鴉飛過天邊，啼聲如哭泣。

車子再也動不了，油箱數值歸零。

「拜託！拜託再往前開一點！」我著急地踩著油門。

我抱著小灰下車，遠方有一間木屋，我撕心裂肺地喊：「救命！救命啊！」

走沒幾下，一陣暈眩，我抱著他摔在花田裡。後知後覺地感到疼痛，我低頭看，肚子上原來有個槍孔，應該是被暴哥射中的，剛剛太緊張顧不得身上的傷，現在再也使不上力。

我伸出那隻沾滿人血、汙黑不堪的手，輕輕撫著小灰平靜的睡臉。

「小灰、小灰……」

他聽到我的呼喚，朦朧地睜開眼，彷彿只是睡迷糊了。

午後陽光照進他的灰色眼瞳，我描繪著他的眼。

花田在陽光下熠熠生輝，一閃一閃。和煦暖風拂過，風中有淡然花香。

我用僅剩的力氣擦去他眼角的淚光，想著，原來這就是我們的終點。

也不賴。

我們的終點，是一整片金黃璀璨的油菜花田。

第七章　因果與大地

一個又一個破碎的夢。

斷斷續續、思緒跳躍，每一幀畫面都像是長曝光的底片——迷離、過曝、帶點殘影。

小灰蹲在家門前，一句話沒說，直直盯著我，灰溜溜的小孩。

我握著他的手，一筆畫、一筆畫。鉛筆芯斷了，我用刀片把鉛筆削尖，木屑和鉛灰落在筆記簿上，呼一口氣吹走。

飯桌上，老媽又夾了一塊肉放進小灰碗裡。

鐵皮屋外來回飛翔的排球、秋日河堤大片芒草、聖誕樹霓虹燈光。

廂型車裡小灰驚恐的神情，搖晃又崩離的視野。

鎂光燈下，褪去稚氣的青年，八年沒見，我還是一眼就能認出他。

溪邊踮腳吻我的他。藍色的電視虹光。

壓抑的雷雨，在我身下喘著氣的他。

火場裡倒在地上的他。井口邊握緊小刀的他。

學會開車的他。紅著眼拿槍的他。

最後是我未曾見過的畫面，我們在一間木屋裡，我拿著鐵槌敲敲打打，釘了一層又一層木板上去。下雨天牆角那塊總是漏水。

他靠在窗邊看外頭的風景，看了一會有點膩了，開口：「要走了嗎？」

「去哪裡？」

他沒回答，只是站起身，往門口走，「該走了。」

我看著這間小木屋，應有盡有，生活愜意舒服，不想走。

「能走多遠就走多遠。」小灰說。

我掌心一鬆，手上的釘子、鐵槌全掉到木板上，奇怪的是沒有發出任何聲響。因爲是夢境的關係嗎？

「還不能停下，這裡不是我們的終點。」他朝著我伸手。

他身後是朦朧光暈，夢境也好，幻影也好，我沒有一絲猶豫就跑過去。

小灰笑了，「繼續流浪吧！」

低矮的木製天花板、零星的小霉點。

睜眼瞬間，有位小女孩托腮盯著我看。或許不能用「盯著」來形容，因爲她的雙眼灰白沒有焦距——是個失明的小女孩。

察覺到我的動靜，她摸摸我的手臂，「叔叔，你是不是醒來了！」

「……妳是誰？」

小女孩興奮地叫，「南嬷！南嬷！叔叔醒來了！」

一名佝僂老婦走了進來，手上的毛巾全是血，她把小女孩趕走，「布布！跟妳說幾次了，去外面玩！大人在忙別搗亂！」

「我不要！好無聊！那個哥哥也不陪我玩。」

我倒吸了一口氣。

「小灰、小灰呢？」我慌張地爬起身，卻因爲肚皮上的傷痛得無法繼續動作。

「在那呢！」南嬤指向我身旁。

小灰側躺在我身邊，傷口被綁帶纏緊，榻榻米上即使墊了很多層布，有一部分還是被血染成了暗紅。

他虛弱地睜著眼睛，抱怨，「你醒得太晚了。」

我伸長手去摸他的臉，「沒事嗎？嗯？該不會是夢吧？」

「夢裡會有這種感覺？」南嬤不客氣地戳一下我腹間的傷。

我疼得倒抽一口氣。他媽的有夠痛。

隨後有兩個中年男人進來了，講得一口方言，大大咧咧地說：「沒有我們你們早就死了！外面油菜花都被染紅啦！南嬤也很不客氣，直接抽一大袋我們的血，抽到我頭昏眼花。」

南嬤凶狠地說：「裝什麼虛弱！老尤、大尤，我平常都沒和你們收醫藥費了，幫點忙是應該的，不要逼我和你們明算帳！」

如夢初醒。我愣愣地看著他們，小屋子裡哄哄鬧鬧，得救了啊……

我傻笑一聲，明明是笑著，眼淚卻不由自主地滾落，我啜泣，「謝謝你們、謝謝你們、太感謝了……」

牽動到腹部的肌肉，有夠痛，但是太開心了，開心到無法用言語形容。

名字叫布布的小女孩喊：「南嬤！叔叔怎麼哭啦！是不是傷口太疼了！妳快看看！」

「小朋友去外面玩！」南嬤拿雞毛撢子攆她出去。

老尤和大尤是住附近的兄弟，一個年近五十、一個年近四十，都沒成婚。他們說這一帶都是務農的，靠農活賺錢。而南嬤是農村醫生，大小病都給她處理，幫人看也幫牛羊看。布布跟著南嬤生活，縱使雙眼失明，但耳朵特別靈，昨天就是她聽到有人在遙遠的地方求救，拉著大尤他們去田裡找。

「嚇死了！以爲你們會死！從花田拖著你們到房裡，整路都是血，累死我這把老骨頭啦。」大尤說。

也許是太久沒見過外地人，他們熱情又好客。南嬤嫌他們太吵，也攆他們出去。聽南嬤說，才知道我們已經睡一天了。

外面是大尤和布布唱歌的聲音，五音不全卻充滿活力。布布童言童語地說，她唱的比鳥兒好聽呀！大尤很捧場地說她是最厲害的。

「你們身上的疤眞嚇人。命眞大，這樣也死不了，一看就是在鬼門關前徘徊了好幾次。」南嬤說。

正常人不可能會帶著這樣的槍傷，她或許猜到我們身分有異。有了上次眷村的教訓，我心生警惕，立刻回，「不麻煩妳，我們等等就走。」

「拖著那身體要走去哪？」南嬷不留情地再戳一下傷口，「我有趕你們走嗎？」眼前的老婦滿不在乎也不害怕，呼出一口長氣，「眞累，我要去午睡了，別吵我。」披著一條花被子，南嬷直接睡在客廳的長椅上，不一會兒就打鼾睡著。鄉下人家心胸都這麼寬廣的嗎？

「她應該是個好人。」小灰輕聲說。

「嗯，」我笑，「看來畢生的運氣都用在這了。」

休息了幾天，我終於可以下床走動。小灰比較慘，他傷到大腿，走路還有點吃力，但一切都在慢慢好轉。

大尤拿了一些沒在穿的舊衣物給我們，碎花圖案的，套上後感覺我們也變農村的一分子。舒服又淳樸。

我站在門口，黃澄澄的油菜花映入眼簾。

大尤在花田中朝我招手，「大帥哥，可以下床啦！」

「需要幫忙嗎？」

「免了！我怕你傷口縫線又裂開，南嬷肯定不會放過我，過幾天再說吧。」

我們在花田間一前一後走著，大尤說：「過幾天油菜花全都會犁入田間當作養分，都市人管這個叫作『綠肥』嗎？聽說有機的稻米能賣比較好的價錢！」

「我記得油菜花是冬季植物，怎麼現在還開著。」我問。

「帥哥，你是從南方來的吧？南方都一月開吧，但是北方地冷，到春天都還開著呢！」大尤回答。

田邊一片金黃宛如油畫，「這麼美的花，全都要掩埋成肥料嗎？」

「你覺得殘忍？」大尤爽朗大笑，「我倒覺得慈悲！它化作大地的肥料，提供養分給稻子，不就延續了生命的意義，自始至終是個循環哪！」

我愣住，然後點頭，「如此一來，它的生命便是生生不息的。」

五月二日

（南爈家的日曆）

從房裡窗户往外看，哥站在一片金黃的花田裡，我的春天站在那裡。

✦

飯桌上，布布是個話匣子，不停地說話。南爈簡單煮了些家常小菜，布布很挑食，偷偷挑出不喜歡的菜，如果被南爈發現了，南爈就會逼她吃下去。那模樣讓我想起了小時候的小灰，相反的是他不挑食，夾給他什麼就吃什麼，乖極了。

農村晚上的星空很美，繁星點點，銀粉似的。我坐在外頭小路欣賞，南爈走出門，說我簡直是在餵蚊子，我笑說我皮糙肉厚的不怕叮。

她坐在我身旁，關節不好，坐下的時候總會唉個幾句，像極了我老媽。

「布布幾歲了？」我問。

「今年應該十三，我也不確定。」

「沒上學？」

南嬤靜默一陣子，才說：「布布是我撿來的，她被扔在田間小路，差點被農車輾過。」

「……什麼？」

「布布和你弟弟一樣，腳上都有被鞭打過的痕跡。」

我驚訝地注視著她，老人家卻雲淡風輕地說起往事。

「布布應該是被單親母親賣了，進到一個很多孩子的園區，要是不聽話或者想逃會挨打。布布說那裡人多，她看不見又搶不到食物，常常挨餓。餓瘋了，就想逃出去啊，只是一個小瞎子能往哪逃？每次被抓到就是鞭打她，打到她再也不敢反抗爲止。不知道是幸還不幸，因爲她雙眼失明一直賣不出去，販子不想留著她多一張嘴，便把她扔在偏遠路上，那是下雪天，估計是想凍死她吧！好巧不巧我正開著農車巡田呢！發現她時都半死不活了。」

南嬤轉頭看著我，「誰能料到四年後，我又撿到兩個大男人？」

我激動地說：「所以布布也是……」

南嬤平靜地說：「看來這世上，人口販子無所不在，世風日下哪！」

「那之後，有人來找布布嗎？」

「沒有。估計是認定瞎眼的孩子活不過寒冬，或因爲她什麼也看不見無所謂。」南嬤趕走蒼蠅，「別在布布面前提起這些事，她好不容易重拾笑容，活成一個單純的孩子，雖然我不知道她是不是假裝忘記了。」

「我明白，謝謝您和我說這些。」

南嬤認眞地看著我，「有人要殺你們？是要滅口？」

我沒回應，當作默認，只說：「等小灰腿傷好一點，我們會立刻離開。」

南嬤沒追問，聳肩，「那我會當作沒見過你們這兩個小伙子的。」

我感激地想抱住南嬤，她只是笑罵，「噁心死了！說再多感激的話，不如幫我多陪布布玩，我一個老人家都快被她吵死了！」

「南嬤妳貌美如花！」我大喊。

窮途末路之際，我又看見了光。

「叔叔，南嬤說過不可以抽菸！」

「爲什麼？」

「抽菸浪費錢還會早死，我希望叔叔長命百歲。」

「叫什麼叔叔？我才二十七歲，還沒三十前都可以叫哥哥。布布妳摸摸看，我額頭一點皺紋都沒有。」我捻熄菸頭。

「不行，就叫叔叔。」小灰在一旁阻止。

「喂，你該不會是吃醋？布布，快點叫我哥哥！快點！」

「不行。不准叫。」

布布猶豫一會，做出決定，「叔叔。」講完就一溜煙跑回房裡聽廣播了。

小灰在一旁笑得很沒良心，我輕輕地把頭靠在他肩膀上，「愛吃醋。」

我們的傷好點了，已經可以自由走動，我甚至還能幫大尤鏟土、鋪乾草和施肥。農活真是累人，我發誓以後吃飯都不剩飯菜了。

「你有發現布布腳上的傷痕嗎？」

「和我一樣。」

「這世上多少人有類似遭遇？社會還有多少陰暗又不為人知的角落？太扯了，想想就可怕。」

「所以我很幸運。」他說：「我有你。」

老尤在田中招手，喊：「別偷懶了，大帥哥！幫我鋪這邊的乾草！」

我心不甘情不願地爬起身。在大尤低頭幹活時，我附在小不點耳邊笑，「能遇到你，我才是最幸運的人！」

日子比想像中舒適，或許我們生來就適合這種慢步調的生活。日出而作，日入而息，偶爾幫尤家兄弟整農活，偶爾去餵牛羊，那是布布最喜歡的事，她會學牛羊叫聲，在田間小徑奔跑。布布熟悉這裡的路，腦中彷彿有張地圖，左彎右拐，不怕迷路。我們在大太陽底下曬棉被、整理採收的玉米或花生、猜拳決定誰要進雞舍取蛋。

布布教我們唱一首歌，唱的五音不全。南嬤說那是北朝民歌〈敕勒歌〉，沒有特定的音律，中文也是後代人翻譯的，她閒暇時隨便唱唱罷了！

敕勒川，陰山下，
天似穹廬，籠罩四野，
天蒼蒼，野茫茫，風吹草低見牛羊……

南嬤開口留我們下來。

我沒答應，只說會考慮。我喜歡這裡與世隔絕的生活，也喜歡溫暖的人們，但是我知道這裡不該是旅程的終點，不該牽連到其他人，不該停下腳步。只是還沒有啟程的契機。

幾天後，新聞出現了貧瘠公路上的火燒車。風沙依舊吹著，祕密已被帶走。

「案發現場無人生還，除了已故計程車司機徐某，經警方調查，另外三名男子均和一個月前的人口販賣案有所關聯。全案沒有目擊者，除了現場四人，是否有其他人參與槍戰還待商榷……」

該走了。

我關掉電視，看向小灰，他只是牽起了我的手，不發一語點頭。

道別那天布布哭得很傷心，一直拉著我們喊不要走。

小灰蹲下替她擦眼淚，然後拉著她的手摸他腳上的傷疤——經過鞭打後皮開肉綻又重新癒合的傷疤。

布布愣住了，那觸感太過熟悉，「哥哥，你也是……」

小灰捏一下她哭花的臉，「惡夢結束了，再也沒人會傷害妳或抓走妳。妳是一隻自由翱翔的鳥，妳要記住，妳要相信。」

我補充，「唱歌不好聽的鳥。」

布布氣著打我們，哭著哭著就笑了，「要回來看布布啊！不要忘記布布。」

尤家兄弟拿了一束油菜花給我們，濺了血的。

「你們昏迷在花田間的那天，這些花沾了血，血跡怎樣也洗不掉，拿來當養分也怪不舒服，就決定摘下來當你們的送別禮物啦！爲了送你們，我還天天餵它們喝水呢！」

「眞是惡趣味的禮物。」我笑著收下，鮮黃花瓣上有乾涸的血跡。

南嬤沒說什麼，擔憂和祝福都寫在眼裡。她拍拍我的肩，說：「保重啦！」

我笑了，發動引擎。後車箱還裝滿了兩桶汽油。

他們一直揮手道別，布布跟著跑了一段路，邊跑邊喊「再見」，直到我們再也看不見他們的身影前，都一直一直在揮手。既感傷又溫暖的離別。

我們的愛猶如那束金黃的油菜花——滲著血，又發著光。

眞是完美的禮物。

✦

加入幫派那時我算是看盡了世間百態，特別是黑暗的一面。我當時想，去他媽的人性本善，我得糾正課本，是「人性本惡」才對，一個人可以多邪惡，一群人湊在一起，真的就可以創造出人間煉獄。人類外表裝得再光鮮亮麗，剝掉外皮後，內裡都是不堪的慾望。

但是經過這幾天，我又覺得人性或許本善，只是歷練不同，有些人墮落成魔、有些人依舊乾淨純潔。一切操之在己。

「你知道從我們逃出仙境到現在多久了嗎？」我問小灰。

「剛好三十天？」

「不是。」我笑，「超過三十天了。」

所有的數字都只是數字，機率都只是機率，生命耗盡之前，只要我們想飛，一定就能繼續飛下去吧？誰確定北美洲蟬破土後生命只剩三十日的？就算是學者說的，我也不完全相信，沒有試過怎麼會知道？可能是一天、一年或是一輩子。

荒草漫漫，小灰踩著廢棄軌道走，鐵軌歷經日月都生鏽了。遠方吹來的枯葉卡在軌道縫，小灰踢踢那片枯葉，讓它掙脫繼續飛一會。

和前陣子比，我現在已經可以在碎石路上如履平地、健步如飛。

我走在他後頭，「別跌倒了。」

「你覺得這裡以前的火車長什麼樣子？」

「吃煤油的吧，會噴蒸汽的那種。緩慢地駛過，車廂人潮擠得水泄不通，下個車像是打仗一樣。」

「好有畫面。」

「像你這樣慢吞吞走在軌道上，肯定被撞得稀巴爛。」

小不點走得很慢，跳過幾塊腐爛的木梁，每一步都踩得穩當。

他回頭，「那我就黏在車底，和火車一起去旅行。這樣算不算偷上車？」

「算，所以得補票。」我笑著踩在他踩過的地方，跟在後頭，「得帶上我。」

「為什麼得帶上你？」

「因為我有錢。」

「……有道理。」

小灰在軌道上席地而坐，動筆寫我們的日記。可以寥寥幾字，也可以洋洋灑灑，都可以。他一用力，鉛筆芯弄斷了。我接過，用小刀幫他削尖，不忘叮嚀小力一點。

我撕下空白筆記本一條，寫幾個字，綁在軌道旁的生鏽鐵絲網上。雲層散開一些，太陽探出頭，地上有鐵絲網菱格紋的影子。

「那些人追不追得到這裡？」他問。

我笑，「我其實挺好奇懸賞獎金是多少，下次抓一個人來問問。你猜個數，我們來賭。」

他說：「如果我賭贏，我們就繞路去吃大尤推薦的那間甜點。」

「那如果我賭贏，你就要和我做一整晚不准拒——」

得，聽不了半句葷話的小子，這時候溜得最快。

前幾日，我們睡在民宿的榻榻米上被引擎聲吵醒，小灰察覺到窗外有詭異的手電筒在亂照，我們在床鋪留下房錢，靜悄悄地從後門溜出去。

我迅速發動車子，在樹林中橫衝直撞，甩開後方追兵。我們在車上大笑，拉下窗，夜間冷風灌進，卻吹不熄熱情。

「窮追不捨，眞煩人。」我說。

「我在廣播聽到，南邊有一處人口販賣集團的老巢被破了，搜出好幾個活小孩。他們才是溝鼠，滅不完，還躲在陰暗角落作亂。」

「別想了，惡有惡報，蒼天自然會收。」

「那蒼天什麼時候會收了我們呢？」

「我想啊，」我笑著點菸，「不如就迎面而來一列蒸汽火車，讓我們黏在車底下一塊旅行吧。」

一張綁在軌道旁，生鏽鐵絲網上的小紙條——

Hi :)

我們開過舊軌道、開過雄偉壯闊的山谷。開過人聲鼎沸的農村，農夫正在殺雞，割脖放血，我摀著小灰的眼讓他別看。還開過了一片曠野，那裡水草鮮美，放牧的牛隻吃得滿足。

天黑了，我們最後停在一間寺廟前，尼姑端著蠟燭走出。

「可以借待一晚嗎？太黑了看不見路，我們會睡車上，等天亮就下山。」我說。

「請留下來過夜吧。」尼姑平靜地笑，「此廟建立之意就是要為眾生遮風蔽雨。」

深山古寺，肅靜莊嚴。

尼姑帶我們到一間空房，簡樸地鋪著地鋪。她說早已過了熄燈時間，請我們速速歇息。

月光透過門板紋刻的花紋灑落，蓮花、祥雲、飛禽走獸……記憶恍然被拉到大雪的破舊佛堂，菩薩眼皮底下，我殺了人。

人在做天在看，菩薩會接納我這等罪孽的旅人嗎？

夜晚的寺廟太安靜，安靜到彷彿能聽見腦海中所有雜念。空氣中有淡淡檀香味，我低頭看向我的雙手，是一雙長期拿刀拿槍而布滿老繭的手。

我迷惘過。

我可以繼續愛他嗎？可以恬不知恥地愛他嗎？我背著罪，可以愛上眼裡有純淨草原的他嗎？就算他也愛我，我可以感到幸福嗎？可以期待明天嗎？即使我奪走了某些人的明天。

我的愛是如此卑劣、如此自私，根莖在鮮血中泡爛，直到開出罪惡花朵。

晨間起霧，大鐘被敲響，象徵新的一天。

山谷微冷，尼姑拿了一杯裝滿熱水的銅杯來，問我們要不要一起用早膳？我內心感激，笑著婉拒。

一位中年尼姑為我指路，告訴我從哪邊下山比較安全。她說，導航指針在深山裡會失準，起霧後更難辨別方位，不可盡信。還提到她們要開始誦經了，不介意的話留下來聽一會兒。

最後，我不好意思拒絕。坐在最後面，看著尼姑個個坐得筆挺虔誠地誦經，香爐的煙裊裊升起。

我的腦袋有些昏沉，快被罪惡感壓得無法呼吸。每晚良心都會受到譴責，一直假裝自己不痛不癢，但那些情緒其實早已根生蒂固，等著我崩塌。

這就是生命的重量嗎？還眞有千鈞、萬鈞重。

如今我又跪在菩薩腳跟前，像是可笑的既定命運，細數我背負一生的罪。

我直視菩薩的雙眼，或許再沒我這般無禮的旅人。還不到時候呢！別急，以後再把我丟入十八層地獄也不遲！

大殿外，尼姑看見我們手上的紅色毛線，笑了笑，「是強行將今生綁在一起的緣呢！」

我低頭看我們腕上綁的紅色毛線，歷經風雨早已起毛球，線都虛掉了。

「神說這是不該強求的緣分嗎？」

「冥冥之中自有定數，世間一切皆是緣分因果。」

「我啊……個性比較頑劣，就算要違抗命運，也有這輩子不想錯過的緣分。強求也好，貪念也好，剪不斷理還亂也好。只要我不願丟掉，就會一次又一次拚命找回來。」

另一位年邁的尼姑說：「我早已遠離俗世太久，記不清這種情感了。」

尼姑僅是寬容地笑，「人生有千萬種活法，我自然管不得。」

我們駛入那片霧裡，視野所及全是白茫一片，天連著地、地連著天，混沌不明。

車窗覆上一層水氣，小灰伸出手指一筆一畫在車窗上寫字——蘇、千、里。寫了一遍又一遍，像小時候寫在練習簿上那樣。

「哥，你痛苦嗎？」

「或許吧。」

「那你快樂嗎？」

「和你在一起的每一秒我都快樂。」

「尼姑說摒除一切雜念、慾念，不再執著才會真的快樂。」

「如果你是要我放棄你，我做不到。我寧願內心再無安寧也好過失去你。」

「我也做不到。」他握住我的手，「我們一起走下去吧。」

「我們」這個詞聽著太美麗，內心有什麼終於得以完整，不再是踽踽獨行。

等我們下山時，霧已散去，太陽從雲層間探出頭。五月的陽光在北方並不毒辣，帶點溫煦暖意。

走得太遠了，廣播電台再也收不到訊號，只剩雜音。於是小灰開始唱歌，布布教的那首〈敕勒歌〉。

敕勒川，陰山下，
天似穹廬，籠罩四野，
天蒼蒼，野茫茫，

風吹草低見牛羊……

✦

草原上有萬馬奔騰，鬃毛在風裡飛揚，馬蹄蹬起了飛沙。

小灰搖下車窗，趴在車窗上看場景飛快變換著，陽光灑在他的髮梢。

我驀然想起八年前媽媽曾說，人的一生中就是會失去幾個人，再遇見幾個人。年少的傷，隨著歲月增長就會忘記了。

才不是呢，老媽。

我遇見了一生中怎樣也不想失去的人，也有怎樣都不會結痂的傷。

有機會的話，真想帶著小灰去看妳，妳口中的小孩如今長這麼大了。

草原盡頭有一間空石頭屋，簡陋且荒廢。旁邊的馬舍和羊圈，也是空著的，應該是以前住在這的放牧人家遷徙搬走了。

我們坐在石凳上看日落，遠方有牧民拿棍杖趕馬，他騎著一匹駿馬，騎姿英挺。馬背上還坐著一位小牧童，吹笛子提醒草原另一頭的羊群該回家啦。笛音順著風溜進我們耳裡。

他們似乎注意到我們，但沒前來攀談，僅是大喝一聲，讓馬匹往更遠的地平線跑去，他們也奔進日落。

我轉頭看著小灰，他穿著大尤送的舊衣服。長途跋涉，皮膚有些曬黑變粗糙，看起來有點落魄，可是眼睛裡終於有了光，很亮很亮。

他的鞋帶又鬆了，我伸手幫他綁好，交叉、繞個圈、拉緊……

「你會後悔人生變成這樣嗎？」他問。

「不，不會後悔。」

我們在落日餘暉中接吻。彼此的嘴唇乾燥，缺水，味道說不上多好聞，鬍子又長出來了，刺得不行，沙塵還一直吹進嘴裡，親完我們都笑了。

我們借住在那石頭屋一晚。我在煤爐裡生了火，天氣不冷，是屋裡太黑。我還在木板床上鋪一些軟稻草湊合著睡，灰躺在我懷裡。

「再往北走是不是很冷，終年大雪覆蓋。」

「聽說是。你怕冷，我們就不再往北走了。」

「有你在，我不怕。」

「下次經過集市，我買一條圍巾給你吧！」

「哥，你織給我吧。」

「你一定要這樣爲難我？」

他笑了，摸摸我耳朵，「你問過我，如何確定我對你的心意？其實是在仙境的時候。在那不見天日的房，絕望的氛圍反而能好好審視自己的心。稍微長大一點後，我確定了，那是喜歡，非常非常喜歡，喜歡到想流淚。」

微弱的火光映在他眼裡，一晃一晃，像是跌落天際的星辰。我伸出手指描他的眼瞼，「說得清楚一點。」

「不要。」他翻身背對我。

我附在他耳邊，「我想聽。」

他不說，我就一直搔他癢，他咯咯笑著求饒，底下鋪著的軟稻草被我們踢得一團亂。他說大腿的傷又疼了，他一說疼，我就捨不得，緊張又抱歉，連忙看縫線是不是繃開了？

「騙你的。」他得意地笑。

看吧，這小東西越來越知道怎麼對付我，我被他死死捏在手心裡呢！

我們離開前南嬤給了一些藥，也教我們怎麼包紮，兩個男人愣了好久才學會。

我去車上取過藥幫小灰換藥。想起來了，八年前我也像這樣，不熟練、笨手笨腳地替他擦藥。那時候他還是痛了也不哼聲的小孩。

「痛了就說一聲。」我提醒。

「不痛。」

愛逞強的小孩。他的話不可盡信，我還是放輕了動作。

似是察覺到我故意放輕動作，他說：「眞的不痛。你不相信我？」

「是誰騙我說喜歡喝柳橙汁的？是誰說這輩子最討厭我，一倒完垃圾就消失的？是誰說好下次要告訴我，現在又什麼都不說的？」

他愣了一下，迅速回，「抱歉。」

道歉得太快反而讓我不知所措，「我又沒有在指責你。」

空氣短暫靜默，最後他認輸了，摀住眼，很小聲、很小聲地說：「我每日每夜都夢到你，鐵皮屋、河堤邊、聖誕樹，但是隨著我長大，那些夢漸漸變調，變成……不可言說的夢。我嚇壞了，總覺得玷汙了你，那些夢誠實又赤裸地攤開我內心的渴望。」

講到這，他就不說下去了，一張臉燒紅。

他坐起身想逃走，被我捉住，「我們在夢裡都做什麼？」

他生氣了，「操！別再逼我說！你明明知道！」

媽的，怎麼能連發飆也這麼可愛。

「不說了，不說了。再說我就忍不住了。等我們傷口都癒合了，你再仔細地跟我說一遍內容。」

他氣得抓一把稻草扔我臉上。

要瘋了。眞想把剛剛那段話錄下來。

不管是原始的本能也好，靈魂的吸引也好，那個人都是你，只能是你。

寺廟的尼姑問過我有沒有信仰，我不太懂信仰的定義，如果信仰是指一切的信任與追隨，那我一生便只爲你虔誠。

日出，早晨的陽光透過石縫灑落。

離開石頭屋前，我找了一塊尖銳石子，在牆上刻下字句——

Hi：)

一如在仙境與小灰重逢，我在他手心寫下的話語。

也許沒人會看到，但還是打個招呼，我來了，我們來了，我們曾經到過這裡。

我盤點行李與槍火，子彈快用罄了，希望在我們找到軍火商前，沿路不會遇上危險。當然，我更希望的是，這一輩子再也不用對人開槍。

重新發動越野車，車輛一路受到風沙摧殘面目全非。似乎又看見遠方牧羊人和牧童吹著笛子，遙望我們，點頭和我們道別。

一望無際的草原少了樹蔭遮蔽，風颳得特別大，小灰拿起那束乾癟凋零的油菜花，它已經開始腐爛，看來生命走到了盡頭。

才怪。

小灰搖下車窗，握著那束花伸出窗外，我笑了，踩下油門，強勁的風不斷向後吹走染血的花瓣，金黃的花瓣在風中繾綣、跳舞，飛向更高更遠的地方，最後歸於大地，終有一天會成為養分，生生不息。

五月？

忘了今天是五月幾日，時間和日期好像不再重要。

我在遠方牧童的笛音中醒來，然後，一直想起昨天灰說他夢見我。

怎麼辦，他夢見我耶:)）

動物是很有靈性的，馬一緊張，馬背上的牧人立刻知道有人靠近。來者不善，就算衣服穿得再體面，眼神騙不了人。那群都市人的眼裡有鋒芒，看著不舒服。他們問，最近有沒有兩個男人開著越野車經過這，一個不到三十歲，一個是快二十的青年。

小牧童想起了什麼，要開口卻被牧人按住，把他攆到羊群裡。

「沒哪！我天天在這片草原奔騰，就沒看見半個人影。」中年牧人回答。

「眞的沒有？」

「別說了！這地那麼大，我又不是後背也有長眼睛，沒看見就是沒看見！」

小牧童聽見了，在憋笑。

那群人狐疑地走了，似乎在商討接下來該往哪開。

牧人沒再理會，趕著馬往嫩草跑。馬背上，小牧童問，「您爲什麼說謊啊？我們明明有看過兩個旅人開著一台髒髒舊舊的越野車，住在那石頭屋一晚呀？」

「他們的眼神懾人，絕非善類，像森林裡的野獸。我不是教過你嗎？遇到野獸要怎樣？」

「跑爲上策，跑不過就躲。」

「對，所以我們快走！別和那群人扯上關係。」

「叔叔！可是你說過，那兩個旅人也非善類，讓我別去找他們打招呼。」

「是啊，他們也一樣。」牧人說：「只是他們不會主動攻擊，而是畫出了安全範圍，一旦有人威脅到他們，就會毫不留情地反擊！」

「既然都是壞人，爲什麼叔叔要袒護那兩個旅人啊？」

牧人愣住，不過是一念之間。

可能是因爲他們看起來很快樂。

他們在草原上唱歌、跳舞、奔跑笑鬧、擁抱，然後倒在草地上親吻。

他從小便被教誨，大地萬物是自由的，人是自由的，相愛也是自由的。

所以他想，那兩個人也該是自由的。

我們一路上收集了很多種子。

有些是跟農家拿的，有些是用勞力換的，還有些是路上摘的。等我們到達流浪的終點，我們要築一個家——下雨天牆角不會漏水，日落後會升起炊煙。

然後要在前園灑下這些種子，每一顆種子都是這世的羈絆與罪孽，也是一個期盼與祝福。

李胖、林松、明秀、老爸、老媽、張三、小四、兄弟們、美恩、秦兒、猴子、金記者、唱著〈小城故事〉的婦人、余老闆、布布、南嬸、大尤、老尤……我會一直記得的。

記得所有快樂，也記得所有苦痛。

我也希望有一天能夠再見大家一面，打一通電話、說一聲「嗨」也好。他們大概不想聽吧，或許會先衝上前揍我一頓吧，但我還是想親口對他們說「我現在過得很好，我們很好」。

當然，我們還沒有抵達終點。

至於終點在哪？誰知道呢？

別急嘛！一輩子那麼長，怎麼知道結局？

「哥，如果有一天我們寸步難行，再也走不動了怎麼辦？」

「那就好好睡一覺吧！睡在風裡、睡在大地之上、睡在我身邊。」

「好。像八年前睡在你那狹小房間，老舊風扇嗡嗡運轉，蓋同一條被子，睡在你身邊。」

陽光正好，他脫了鞋，縮起身子在副駕駛座上，陽光輕輕吻著他的腳丫子。他頭靠著窗，美麗透澈的灰眼望著我，猶如小時候，他蜷起身子蹲在小隔間門口那天，直直望著我。

或許從八年前初見你的那瞬間，我便注定要與你共度一生。

你既是我的罪，也是我的光。

全文完

番外 秦兒

「你要做一個不動聲色的大人了，不准情緒化，不准偷偷想念，不准回頭看。」

——村上春樹《舞，舞，舞》

秦兒對貧窮的認知，來自於餓肚子。

「飢餓」是認清現實最迅速的方式。她從小在貧民區長大，過著有一餐沒一餐的日子。不過她對生活很知足，正因爲擁有的少，所以學不會奢求。

意外來得很快。某天，秦兒回家後發現家中一片空蕩、人去樓空，爸爸連半點錢都沒留給她。爾後，一群陌生大叔闖進門拉過她，太過震驚的秦兒忘了掙扎，像一具失去靈魂的空殼被帶上車。

一路上她的視線鎖定著車窗外，先是骯髒的貧民區，再經過高樓林立的繁華都市，越過公路，然後是荒郊野外……

不管是哪，都找不到希望。

在這裡，人們全都住在一個大房間，沒有窗、與世隔絕，門口總是有人拿槍守著。用「家畜」來形容其實很貼切，圈在圍欄裡吃喝拉撒睡，漸漸地，連大腦都沒辦法思考了。

對仙境而言，他們不是人，是商品。

仙境裡有一位與秦兒年齡相仿的女人，名字是美恩。別人天天過得戰戰兢兢，害怕被賣到更險惡之地，她卻高枕無憂，仗著好皮囊與話術，與販子的肉體關係換成絕對的保障。

有一次錢爹想強拉秦兒進房，是美恩擋下的。她笑著親上錢爹，「你已經有我了，還找別人？」

她救了秦兒。

美恩曾經淡然地說：「不要擅自同情我。」

那時自己有回話嗎？秦兒回想，好像義憤填膺地回了一句「妳等著，有一天我會毀掉這裡」。此話一出，嚇得美恩連忙摀住她嘴巴。

後來，仙境的人們發現秦兒的好手藝，因爲有用處便留下她，讓她擔任廚工，負責料理吃食。

仙境的人來來去去，裡頭常流傳著眞假難辨的傳聞：上個月賣給富豪的孩子被狗咬死了、上週賣給醫院的孩子被當試驗品……秦兒強迫自己不去思考眞假。

但她從沒想過會在這遇見艾瑪。

瘦弱的艾瑪從小體弱多病，是秦兒生活在貧民區時，費心寵著的孩子。

一見到親近的秦兒，艾瑪便撲進她的懷裡，一邊哭一邊問「媽媽是不是拋下我了」。

「姊姊，他們說我會被送去有錢人家，有漂亮衣服和美味甜點。等我變乖，就可以回去找媽媽！」

秦兒沒戳破這可笑的謊言，只是抱著她入睡。

某天，擔任廚工的秦兒收到命令，要求她把安眠藥丟進艾瑪的粥裡，上頭已經準備好船要送走她，目的地是南方的妓院。

那是她第一次向陳總搭話。走廊上，她用顫抖的聲音說：「我可以教這孩子煮飯做菜，只要把她留下來。」

「捨不得？那妳和這孩子換吧。」陳總冷笑，看穿她的偏心。

她做不到。犧牲自己這種偉大舉動她做不到。秦兒越想越慌，呼吸變得急促，雙腳失去力氣，蹲在地上喘。

後頭有人朝她跑來，「妳沒事吧？」

她定睛一看，來人和陳總眉眼有幾分相似，想來是陳總的兒子。

秦兒一反平時裝出的從容面貌，第一次控制不住情緒，洩憤般地喊：「你覺得會沒事？我是人！有感情、有尊嚴、活生生的人！那些關在地下室的全是人！」

「姊姊，妳煮的最好吃！」

艾瑪吃完了那碗粥。

那天的細節她已經想不起，只記得艾瑪的睡臉天眞無邪，然後就被販子抬進車裡。再後來，她無意間聽見販子們聊天，「前幾日送走的小女孩，聽說反抗得很厲害，嫖客一生氣就把她掐死了。」

這句話像一把鋒利的剪刀，將她腦海裡那條繃緊的弦忽地剪斷。

某夜，陳總兒子邀秦兒進房，她沒拒絕，也無法拒絕，她心已死。她想，上次在走廊大聲吼他，他大概懷恨在心，等著報復自己。

一進房坐在床邊，她止不住全身的顫抖。

時間一分一秒地過去，預想的事沒有發生，他和她一起用餐，並從書櫃上抽出一本書給她讀，還問她心得感想。夜裡很靜。

一次不夠，還有第二次、第三次。他像風度翩翩的紳士，秦兒受不了溫水煮青蛙般的折磨，大吼：「你要裝到什麼時候？」

「我只是想和妳多說說話。」

男人難得露出侷促的一面，「妳很迷人！我……本來不想在這種情況下開口的。」

秦兒的理智線瞬間斷裂，大喊：「你是陳總的兒子，你們是人口販賣集團！而我是哪天沒用處了就會被賣掉的人！你在說什麼鬼話！」

她哭得喘不過氣，男人發現她過度換氣，狀態不對勁，不顧門口守衛的勸阻親自送她到醫院。

出院已是深夜，她抬頭看弦月，「眞美，想不起上次看月亮是什麼時候了。」看著她蒼白的嘴、緊蹙的眉與眼中倒映的月，男人做了個荒唐決定。

「我們走吧！」他轉動方向盤，往反方向駛去。

他們一路向西，不知道目的地是何處，她沒問，男人也沒說。

秦兒沒想過能逃多久，對她來說，每天都像是人生的最後一天。

他們展轉在各個旅館。這些日子裡，她不只一次看見男人塞錢給櫃檯，請求別洩漏他們的行蹤。那個優雅的男人有手段、有地位，卻爲了她放下身段哀求別人，在她面前又維持著一貫的開朗模樣。

假惺惺極了，她想。

哪天男人對她不感興趣了，也許就會一槍殺掉她。反正早晚會死，秦兒漸漸可以接受男人靠近她。他們一起吃飯，有一搭沒一搭地聊天，甚至睡在同間房裡，紳士如他從不踰矩。

當然，她對男人的態度還是凶巴巴，心想，他憑什麼以爲自己會給他好臉色？

某晚，男人給了秦兒一個隨身碟，「裡面有所有證據與資料，也能知道誰是敵、誰是友，任何沾邊的人都不該逃過法律制裁。」

「把這東西給我，不怕我毀掉你、毀掉仙境的一切嗎？」

男人笑說：「那是炸彈，也是送妳的平安符。它太沉重，我不敢背在身上，只好把它交給妳。」

他是她見過最文弱的男人。

也是她見過最有骨氣的男人。

她在某間旅館看了一本書——村上春樹的《舞，舞，舞》。

「你要做一個不動聲色的大人了。不准情緒化，不准偷偷想念，不准回頭看。」

這句話深深吸引了秦兒。於是在離開旅館時，她偷偷地將書本藏進寬大的外套袖口，趁沒人注意偷走那本書。對於在貧民區成長的她來說，偷竊輕而易舉。

男人站在外頭等她，笑著問，「怎麼這麼慢？」

那個笑容使秦兒不自覺看得出神，甚至有些怦然心動。她後知後覺地發現自己的失態，隨後跑進旅館，把書放回原位。

後來，他們經過一間二手書店，男人急急忙忙奔下車，再回來時，手上多了一本《舞，舞，舞》。書籍有些泛黃，還泛出歲月積累的霉味。

男人輕輕地將書本放進她手心，他什麼也沒說，她也什麼都沒說。

旅程又繼續了。

現在想來，一定是那一瞬間的溫柔與光明，讓她徹底淪陷。

他們去了男人的摯友家，從兩人的對話，秦兒才知道男人的名字是陳泉，泉水的泉，念起來像「成全」。

嗯，挺適合他。他的確一直在成全自己的自由。

秦兒突然想起，其實他早就說過自己的名字。那時在他房裡，男人不小心撞到桌角，桌面上的鋼筆滾落地，她隨手撿起，筆身不平滑的觸感讓她頓了頓，原來是有刻字，男人說，刻的是他的名字。

剎那間，數十台車包圍房子，外頭傳來喊聲，「陳泉先生！請於五分鐘內交出仙境的商品，如不從，格殺無論。這是陳總下的命令，陳泉先生，您知道該怎麼做！」

男人憤怒地抓著摯友，「你做了什麼？」

「我跟陳總達成了協議。抱歉……陳泉。別怕，只要把她交出去就沒事啦！你只是一時被愛情沖昏頭！」

「你怎麼可以出賣我？」

男人焦急地拉起秦兒在房子裡逃竄，屋內的格局他大致清楚。經過一扇小門，他將秦兒推進門，「順著階梯往下走可以到後門，我想辦法拖住他們，念在我是他兒子，他們不會眞的開槍，妳快走！」

男人說完就關上了門，她急著想開門，門把卻轉不動，男人已經上了鎖。

「陳泉！陳泉！一起走！」她拍門大喊。這是她第一次喚男人的名字。

門外的男人似乎笑了，輕輕地說出那句她很喜歡的句子，「秦兒，妳要做一個不動聲色的大人了。不准情緒化，不准偷偷想念，不准回頭看。」

她愣住。

噠噠噠噠噠噠噠噠——

門外傳來子彈掃射的聲音，不久後，她聽見男人摯友的哀鳴。

男人抵在門邊，「往前走、往前走……不准回頭看……去過新的生活！」

他不說話了。

之後的記憶很模糊。她跑下樓梯，想都沒想就闖進草叢裡，放眼望去全是野草樹林。她來不及穿鞋，只能一直跑，直至再也聽不見人聲。

夜深了，她躲在小山洞裡休息，決定天亮再繼續找路。她想著早上陳泉和她說，要到山裡找王醫生，他會幫助她，不知道有沒有走錯方向。

她蜷起身子，腳底破皮流血，衣服也被樹枝勾破了，如此狼狽的情況她卻笑了出來，想起小時候在貧民區的生活。在仙境待太久，都快忘記落難的感覺。

她一個人在山裡走了幾天，迷路了，又餓又渴，也許今天就是死期。看著眼前的蓊鬱山林，秦兒昏迷前，腦中閃過的是，要是我有跟陳泉說聲「喜歡你」就好了……

秦兒在朦朧之間感覺到一股溫暖，身下柔軟的觸感不同於堅硬的大地，她嚇得立刻清醒，發現自己躺在病床吊著點滴。

著急地想拔掉點滴，身旁傳來一陣匆忙的哎聲，一名廚工比手畫腳，試圖阻止她的動作，原來眼前的廚工不會說話。秦兒才注意到，這裡似乎不是仙境。

這時，有人走進病房。是一名頭髮花白的蒼老男人，看上去約七十多歲，推著輪椅靠近秦兒。

「好一點了嗎？不用擔心，妳安全了。叫我王醫生就行。」

她意識到他就是陳泉要找的醫生。

在那之後，她被留下來，王醫生沒有問陳泉的死，僅和她閒話家常。再後來，她得知王醫生以前擔任仙境的黑醫，幫忙取器官、替陳總看病，也救過陳泉一命。或許是感謝他的貢獻，他能活著離開仙境宛如奇蹟。

王醫生說起陳泉的提議，「陳泉說過，妳需要一個新身分。用我妻子的名字『王珍芳』吧！沒人知道內人去世，我沒登記死亡，仙境估計也不知道。」

王醫生幫秦兒整型，抹除原本的特色，讓她更像王珍芳年輕時的樣子。整型後，她的臉蛋依舊美豔，徹底變成另一個人，她滿意極了！

王醫生死在一個風和日麗的下午。他坐在輪椅上，看著花園花團錦簇就這樣走了。她在王醫生的房裡打掃時，發現了村上春樹的《舞，舞，舞》，她重讀了一遍，記憶回來了，塵封的感情也回來了。

高傲的她終於認輸，明知他出生於多麼罪惡的家庭，她還是被他的溫柔與紳士風度擄獲，眼淚倏然滑落。

「眼淚才不是爲那男人流的。」

她一遍又一遍地重複，說服著自己。

他死得太早了，連一點讓她對他溫柔的機會都不給就死了。

男人曾對她說：「抱歉我出生在這麼可怕的家庭，抱歉對妳做過的所有事，抱歉我是個懦弱的兒子，抱歉我沒有能力保護妳，抱歉我無法毀掉它……」

毀掉它。

毀掉它。她緩緩抬起頭來，是啊，憑什麼要一輩子躲躲藏藏，她要親手毀了它，終結這個惡夢。

她曾經認爲這是場躲貓貓，只要一直躲下去就好。後來發現只要一天不被找到，就一天不得安眠。

最好的方法就是把貓殺了，惡夢才會結束。

她輕輕哼著歌，對著鏡子擦上鮮紅色口紅，再一根一根刷上睫毛膏。

「不准情緒化，不准偷偷想念，不准回頭看。」

抱歉，她做不到，她要大哭大鬧，一直思念，不停回頭看。

她從王醫生的手機裡翻出電話號碼撥通，「好久不見，我是王醫師的妻子，最近日子無聊，剛好有筆錢想買個玩具，可以載我去仙境看看嗎？」

她認得巴士裡的販子，也認得熟客的面孔，但是他們都認不得她了。她認得仙境，但是仙境認不得她了。

秦兒想，如果要摧毀它，她需要伙伴、需要更多力量。

後來，她在人海裡發現了新面孔，血味濃重，一看就是沾過人命，感覺是混黑道的。他眼裡有火，憤怒的火，像是要掀翻這裡。

於是她先搭話，「別東張西望了，第一次來這？」

✦

二〇二二年，冬。

李胖和林松窩在明秀的小診所喝酒。

診所鐵捲門半拉，電視轉播著歌手的唱跳表演。還有三十分鐘就是新的一年，伴隨著音樂，等待稍後轉播的各地煙火秀。

明秀保有一點醫德，滴酒不沾。

林松嘴裡嚼著魷魚，發出吧咂吧咂的聲音，「把鐵捲門拉下吧！大家都去狂歡了，誰會來看病？」

「再等等吧，十二點就關。」明秀說。

「一板一眼。」毒舌林松上線。他不理會來自明秀眼鏡後的殺氣，一邊咀嚼食物，一邊和出差的男友視訊。

李胖醉成爛泥，把甜甜圈當作方向盤左右轉，明秀見狀憋住笑，默默拿起手機錄下這一幕。

「蘇千里肯定也在某處看煙火吧。」李胖突然地開口，使明秀愣了愣。

他們嘴上不說，卻打從心底相信，那個人間蒸發的臭傢伙，一定帶著那孩子在某處流浪。

「會的。」明秀說。

診所的門被推開，發出聲響，女人扶著緊摀肚子的男人走進診所。

「不好意思，他好像食物中毒了，上吐下瀉，還發高燒。」

男人面色痛苦，「抱歉啊，秦兒！害妳看不了煙火。」

明秀連忙過去攙扶病人，將他安放在病床上仔細檢查，幫他打點滴和開腸胃藥。檢查時，明秀注意到男人的上身都是猙獰的疤痕，宛如蘇千里的一身傷。

莫忘醫德！他告訴自己別亂猜測病人身分。

女人轉身時，身上的包包被一旁的衣架勾住，東西散落一地，她邊收拾邊和病床上的男人說：「張三，提醒我明天得繳電話費，不然就斷網了。」

「五、四、三、二、一！」

電視上一片絢爛，附近的民宅也有人在屋頂放煙火，放眼望向窗外是一片煙花迸裂。

女人湊到窗邊欣賞，五顏六色、璀璨迷人。看了一會，她對著明秀說：「抱歉，這麼晚還來打擾你們，新年快樂啊！」

「沒事，新年快樂。掛號費就免了。」

明秀對上女人的眼，越看越覺得眼熟。心想是在新聞或網路上看過嗎？算了，可能網紅臉吧，容易撞臉。

視訊完的林松跑進診所，「我們拍張照吧！傳到群組裡，總有一天他能看見。有病人？祝你早日康復，一起拍照吧！」

於是一群人莫名其妙地站在病床邊拍照。張三虛弱地擠出笑容，不知道他們說的「他」是誰。

新年快樂，來日方長，我們再會。

番外二
野火與小狗

我們途經一座被野火肆虐的小鎭。那是北區乾燥的森林地帶，到處都是枯木焦枝，荒蕪一片。

過去這裡曾是淘金重鎭，繁華一時，卻隨著大火走入歷史。如今宛如末日場景，渺無人煙，估計都逃離家鄉了。一磚一瓦都化成灰燼，主幹道「歡迎來到淘金小鎭」的招牌被燒得焦黑。

這座小鎭我早有耳聞。上個村落遇見的老爺爺，他和我說的鬼故事就是以此處爲背景。早知道就不聽了。

天空的灰是散不去的煙塵，眞有幾分詭異，彷彿瀰漫著死亡氣息。死亡的樹海、死亡的家園，連空氣都混濁，讓人心頭沉重。

「十幾年前，這裡可繁華了，週末還會有來自各地的攤販市集。沒想到一場森林大火帶走一切。」

過了一會，小灰問，「有沒有聽到什麼聲音？」

我立刻提高警覺，右手按向手槍，注意四周的風吹草動。但是附近寸草不生，根本沒地方能躲人。

小灰有點困惑，說他大概聽錯了。

「你聽見什麼？」

「孩子的哭聲。」

該不會見鬼了吧？抱歉啊，我們只是路過，沒想打擾你們，如有冒犯請見諒……

我一邊默念，一邊踩下油門加速。

小灰倒是很淡定，我猜他看見鬼可能還會說你好。

小鎮的盡頭有隧道，是以前運送金礦的要道，深不見底、一片黑暗，紅磚還有些剝落。

我在入口處停下來，「繼續往前嗎？」

其實如果真的有危險，想逃也逃不了。但是小孩點頭，他指著隧道盡頭，說他看見光。

行吧，走就走，誰怕誰！

我們一下就被黑暗包裹，像掉入深海，胸腔發涼，只能看見車頭燈前一小片光明。

我頭皮發麻，隱隱覺得不安。

「哥，我又聽見了。」

嗚咽的哭泣聲在隧道裡迴響，聲音不大，可我也聽見了。

是冤魂找上門嗎？好吧，早料到有今天，從我手沾人命的那日起，就相信善惡有報。我不是行事磊落的人，所以我害怕夜路，更害怕做夢。

終於，隧道出口近在眼前。

咻——我們衝進光明裡。

小孩開窗向後看。他膽子真大，我連後照鏡都不敢瞟一眼。

他突然喊：「哥！哥！停車！」

我不明所以地煞車，後方有一隻髒兮兮的小灰狗氣喘吁吁地跑著，一邊嗚嗚嗚地哭。牠跑過荒原、跑過隧道，終於追上我們。

我們帶牠到河邊洗去一身灰燼，洗乾淨了，居然是白色的。

「好神奇，居然在野火燒盡的小鎮存活。」

「你比想像中頑強耶！」我摸了牠一把。

小狗叫了一聲，彷彿是聽懂我們的話，還甩了我們一臉水。

啟程離開時，小狗跟著跑了一段路。我似乎故意開得很慢，嘴上說「牠會成爲我們的累贅」，卻狠不下心踩油門。小灰也頻頻看向後照鏡，小狗還是死心塌地一路跟著。

小小的身軀，跑得倒是飛快。

牠又發出哭聲了。我覺得牠一定是故意的，意圖惹人憐愛。心機狗！

我問小灰，「要嗎？」小灰沒說話。

又來了，彆扭的孩子，想要什麼從來就不直說。

我笑了笑，「先說好，不可以愛牠比愛我還多。」

我讓小灰替牠取個名字，小灰想很久才愼重地說：「白白。」跟我一樣沒什麼取名的藝術。

我笑著逗小狗，「白白，從今以後你就是白白！」

白白沒有項圈，是自由的，想走就走，想留就留。不過牠根本就想賴著不走，一落單就會裝可憐。行，把我們當長期飯票了是吧？

牠不只厚臉皮，還笨，學不會看眼色。總愛在我打算做什麼時出現，汪汪叫個不停，要小灰陪牠玩。

小灰也很壞，明明答應過要把我擺在第一……好吧，他可能沒答應。反正他又丟下我遛狗去了，我的地位岌岌可危。於是我下定決心，一定要教會白白怎麼看眼色。

日落之際，小灰把樹枝丟往山坡遠方，白白蹬著小短腿去撿。

察覺到我的靠近，小灰轉頭，喊了一聲哥。

夕陽下，他的剪影如此巨大，像八年前秋日芒草的河堤邊，他扔下那群野狗跑向我。此時此刻，他一樣回頭跑向我。我感覺時空重疊在一起，八年如一日。

我伸出雙臂，死皮賴臉討一個擁抱，「抱我一下嘛。」

小灰摸不著頭緒地抱上。

他的背後，白白撿回了樹枝，尾巴拚命地搖，等著小灰陪他玩。我對牠揚起一抹象徵勝利的微笑。

看見了沒，白白，他果然還是愛我勝過你。

野菜湯飯、烤香菇、雞蛋、蘋果（還有狗糧）。

我們又啟程了。越野車開過黃昏、開過星辰、開過黎明。晚安，要快樂，要夢到我。

江南海北，你或許會看到兩個人跑過草原，哦！還有一條小白狗。

你相信也好，忘記也罷。我們仍走著，直至所有的足跡被泥沙覆過。

遠方見。

番外三
新生與岸

若問兩人，都市裡哪個場景的記憶最深刻，應該是林立的冷氣機——數以百計、排列整齊，工廠宿舍後牆一整面的冷氣機。前往工廠的路上都會經過，一天少說也要看個五、六遍。

要從那堆冷氣裡找出他們住的房不難，如果窗簾沒拉上，就能看見一條小白狗哀怨地在窗邊搖尾巴，似乎是迫不及待想出門散步。直到傍晚，牠的主人們下班，才會風塵僕僕歸來。

兩人手提花白相間的塑膠袋，其中裝著幾把菜。菜市場的婆婆媽媽大多都很偏心，三觀跟著外貌走，總偷塞一些菜送他們，空心菜、青椒、玉米、馬鈴薯……應有盡有。

「你們到這城市多久了？」

「三個月吧。」

「工作怎麼樣？那間工廠聽說待遇好，但可血汗了！」

「還行。」蘇千里笑著付錢，「我們也沒打算久待，等觀光完，再攢些零用錢就走。」

阿婆哀怨地說：「你們離開後，菜市場就黯淡無光啦！」

大街上，兩人一前一後走著。

沒過多久，男人往前跑了幾步，將塑膠袋換手拿，空出一隻手牽住小灰，硬是要十指交纏。

小灰扭捏地抗拒他的親近，還是不習慣正大光明在大街上牽手。聽說一個習慣的養成只需要二十一天，蘇千里會逼著他習慣的。

「我昨天啊，做了一個星星全落在灌木叢的夢。於是我一直喊，猴子，猴子，看啊！草原在發光！然後我跑過去看，發現一顆星星在流血，灌木刺得它千瘡百孔，你猜怎麼了？星星的血居然是灰色的。」蘇千里說。

小灰打斷他，抱怨著，「你牽就牽，指甲別一直撓。」

抱怨無效。蘇千里接著說：「我說我會救它，但它發脾氣拒絕了，說不想回天上，太遙遠了，它要永遠徘徊人間。」

手心還是傳來陣陣搔癢感，小灰忍不住開口：「你別撓了，你在寫什——」

「所以問題來了，我在你手上寫了什麼？」蘇千里戲謔似地開口。

Sex？　：）

小灰讀懂了手掌上的筆劃，心想，媽的，老流氓，工作一整天累死了，誰有體力跟你耗，不要以為加個笑臉就比較友善。

一進家門，白白開心地繞著他們轉圈，像是用全身在表達「歡迎回家、歡迎回家」。

碗空了，牠汪一聲，蘇千里蹲下幫牠倒飼料，倒成一座小山，今天特別豐盛。聰明的牠，已經是一隻非常會看眼色的小狗。

「那個夢還有後續。」蘇千里突然開口：「我推來一台購物車，裝著那顆受傷的星星和幾袋洋芋片一起去旅行。萬家燈火都沒有那顆星星亮。」

呼吸被單方面掠奪，炙熱，不帶憐惜。

小灰暗想，誰才是誰的星星，別搞錯了。那雙風流的眼，裡頭的星星多到數不清。眞讓人生氣，每看一次就想遮一次，不許別人發現。

「它越亮，我就越想把它弄髒，占爲己有。我的人格好像有些問題呀。」

小灰的呼吸一滯，推開眼前人，罵了句，「別啃脖子，明天想遮也遮不住。」

蘇千里理直氣壯，「沒要你遮，我就是故意做給別人看的。」

忘了講到什麼，可能是工廠領班女兒看蘇千里的迷妹眼神，又或是行政大叔用充滿暗示的眼神看小灰，兩人嘴上不留情，罵得髒，這幾天看不順眼的都拿來講，互不相讓。手腳還扭打在一起，彷彿不分出勝負不罷休。

兩人糾纏著又擦槍走火，肉體相纏，情感彷彿滲到骨子裡。

白白趴在小毯子上，認清現實，今天也是沒主人陪的一夜。

生於這個時代的人們，是祝福還是詛咒呢？

蘇千里叼著菸，坐在陽台，「昨天工廠又有一個人跳樓了。」

房裡太悶熱，全是歡愛的味道，小灰套了件寬大的上衣，也走到陽台吹風。他身上若隱若現的紅痕，看起來被欺負得狠。

小灰把額頭抵在男人胸膛，「那人曾和我短暫地說上話。他說，感覺自己像牆上無數台冷氣機的其中之一，像大箱子裡的一顆小螺絲釘，他看不見自己的價值。」

蘇千里低頭，尋著那張已經被他親到乾澀的唇，「你呢？看得見自己的價值嗎？」

「嗯。」他笑了笑，「看來全世界只有我能夠好好地接住你。」接住你的善與惡、接住你的喜與悲、接住你所有坦蕩或隱密的小心思。

蘇千里嘴角微微上揚，親親他亂成一團的髮絲，「再來嗎？」

下場是被對方狠狠地一腳踢開。

月光蕩漾。

蘇千里想，跳舞吧、跳舞吧，既然在時代洪流中我們正好走到這。

他們在狹窄的陽台上旋轉，磕磕絆絆地跳舞。小灰疲累地笑了笑，雙手搭上蘇千里的肩膀由著他胡鬧。

誰家的冷氣又開始滴水，滴滴答答、滴滴答答，舞步好似真的搭上節拍……

✦

他們沒想過會在這座城市遇上楊。

聽見菜市場的阿婆大喊有小偷，蘇千里立刻衝上去抓。拉扯之間，那人的帽子掉入路面積水，他們雙雙跌在一窪濁水，身上的衣著吸飽泥水，髒汙不已。

他們愣愣看著彼此，神色驚惶。蘇千里先一步找回思緒，從口袋掏出小刀抵在楊的喉嚨。

一旁的小灰張望四周，草木皆兵，心想該不會有同伙正監視他們？

楊笑了，面容看起來歷盡滄桑，「孽緣啊孽緣，橫跨了大半城市結果又遇上。別緊張了，沒帶人來。」

偷來的紅藍紙鈔捏在手心裡，皺了，捋不平，像人生注定留下折痕。

「我說過吧，若回到這該死的社會，我也不過是繼續在街頭生活……」

蘇千里沒說話。他認定的地獄，原來是某些人能遮風避雨、能吃飽穿暖的短暫天堂。不想被踩扁過日子就要反過來踩別人，這就是社會的生存法則嗎？殘酷卻過於眞實。

但是小灰開口了，他對楊說：「這個時代正在變好！」

秋風拂過，水面泛起漣漪。

「這個時代正在變好，有希望、有夢想，安居樂業，不用擔憂生活。我們一定會走到那天。楊，你等著看。」

楊嗤笑了聲，「我不信。我一而再再而三做扒手，就是因爲沒能迎來那天。」

陽光從雲層探出頭，倒映在積水裡。他們保持著詭異的距離，散步了一小段路。

楊說：「你們兩個講的話好噁、好囉唆。明明活得一樣狼狽，沒好到哪去，憑什麼冠冕堂皇地講大話，全是狗屁！」

蘇千里忍不住反駁，「因爲想相信，因爲我們生在這個時代，所以寄予期待。會變好的。眞的，眞的，一切會變好。繼續走下去一定能走到那天。」

風塵捲起枯葉。楊在舊街區和他們道別，婉拒了飯局，說是同在一張飯桌會食不下嚥。

「虧你們敢約。」他口中吐槽著，卻面帶微笑，「如果下次再遇見，就一起吃頓飯吧！你們請客，看誰先反胃。」

晚上，蘇千里聊起在仙境養傷那晚，小灰偷偷去揍了楊一拳的事。

小灰死不承認，男人笑了笑，「你儘管否認，反正楊都和我說了。因爲那一刀，你就挾怨報復。想幫我出氣啊？你明明這麼喜歡我，死鴨子嘴硬。」

蘇千里摀著臉，「怎麼辦，你這麼可愛我怎麼辦。」

行……是發作的前兆。

看到蘇千里的眼神，小灰暗自心想不妙，趕緊遠離現場去陪白白玩。

✦

有段時間，他們感覺自己變成老爺爺了。

要說回某個夏天，他們曾短暫地在南方水上人家生活過，二十四小時都離不開河水，指腹常常泡皺。

在這裡，他們體驗了何謂「人在水上住，泉水屋下流」。枕於水上，耳邊永遠是潺潺水聲，連五臟六腑都要潮溼。苦的是白白，牠的活動範圍受限，因此有了新興趣，盯著水底魚兒優游穿梭。

附近住著姓鄭的水上人家。鄭爺爺高齡七十五，雙眼仍炯炯有神，皮膚因日曬而黝黑。鄭爺爺說，這條河是他們的命脈，他們以河維生，徜徉的魚既是食物，也是收入。鄭爺爺教他們編織漁網。蘇千里給灰一個眼神，像在說，看吧！我連漁網都編織不好了，還想叫我織一條圍巾給你？

鄭爺爺接過去端詳，「這間隙太大了，魚都游走啦！」

蘇千里笑道：「沒事，我們才兩張嘴，雖然加上白白應該是三張，不過沒關係，不用吃得太多。小的就放生讓牠們長大。」

鄭爺爺綁了幾個田字結，笑著說：「這樣吧！你們的三餐交給我們家，要不要試著做另一門生意？」

木筏小船、頂棚、靚麗景色——他們接下了划船導覽的工作。

不是旺季，客人不算多。他們划著船帶客人渡河，邊划邊講些故事、介紹山川秀麗。結果，都市女孩對眼前划船的男人比較有興趣，無一例外。

「所以，你到底叫什麼名字呀？」

蘇千里笑得無奈，告訴兩個都市女孩，「猴子。」

「你是亂說的吧！」

「不信的話，妳們去問其他人。」

他要把這個名字告訴更多人，從更多張嘴裡傳出，一遍又一遍，讓猴子踏上不同土地玩耍。

另一名女孩面露羞赧地問，「那岸上那個白淨青年的名字呢？」

岸邊，青年靠著木樁，正百無聊賴地踢小石子，眼神死死落在船上，像在說「不早點回來要你好看」。

蘇千里笑了聲，拖長尾音，「他呀？他叫秦兒。可惜有論及婚嫁的愛人了。」

女孩聽到這個回答，心想，男人的嘴，騙人的鬼。

鄭爺爺說過，人類和環境是共生的，會反映出生活型態——水上人家的大腿短又粗，就是長年屈膝於小船上的後果。

鄭爺爺拍拍大腿，笑說他年輕時去陸上賣魚，不用吆喝，大家看腿就知道他從河上來，漁獲保證新鮮。

夏天炎熱，蘇千里第一次光著膀子，鄭爺爺看見後一臉凝重，似在審視與猜疑。疤痕如同足跡，一看便知道他從什麼環境走來。

蘇千里習慣了那種眼神，做好了今晚被居民趕走的準備。然而，鄭爺爺只是和他們閒話家常，分了幾隻烤魚又繼續編漁網。

他們不再像驚弓之鳥般活著，好像撿回了生命初始，人與人基本且簡單的信任。

入夜，木屋紛紛點起小燈，河面好似幾百顆星星在漂泊。

他們坐在家屋外，遠眺峽口、遠眺山丘，全是不屬於自己的人間煙火。河面漲了幾分，兩人雙腳晃呀晃，踢在一起，腳趾順帶踢起了水花。

蘇千里抽著菸，看見小灰把盤裡的西瓜吃完了，拿過空盤接菸灰，「白天這條河多清澈，那麼多魚兒在優游，實在不忍心讓菸灰落入……怎麼說呢？你覺得我的眼有變得稍微、稍微慈悲一點了嗎？」

還問什麼呀？

小灰笑，「你心裡早就有答案了。」

一個將落未落的吻。較勁似的，誰先親誰認輸。

最後還是蘇千里耐不住性子，認命地覆上，順便嘗了一口甜西瓜。要等小朋友主動投懷送抱怎麼這麼難？

好像是他們剛到這的第三天吧？鄭爺爺曾說：「住在水上的人也會渴望靠岸，是天性，從來沒人能永遠漂泊。」

蘇千里毫不害臊，摟過灰的脖子，「可是我的岸在這裡，他在哪我就在哪，一生漂泊也無所謂。」

最終他們還是啟程了。

鄭爺爺說什麼也要送他們一程，親自划船。河面一片波光粼粼，迎面而來的徐風捎走熱意。

「躺下試試。」鄭爺爺說。

於是小灰躺在小船上，躺在蘇千里的身邊。河面如搖籃，搖搖晃晃、搖搖晃晃，水聲一波一波洗滌靈魂。頂棚隔絕了毒辣的陽光，小灰舒服地瞇起眼，不禁想睡。

斗笠底下，老者和藹地笑了，「孩子，睡一覺吧，等等就到岸啦！」

小灰眞的睡著了。他很少這麼安心。

白白趴在船邊看魚，蘇千里將牠一把抱進懷裡，怕小笨狗一不小心掉下船。

「送一些投緣的朋友離開前，我都會問一個問題。」鄭爺爺忽地開口。

「什麼問題？」

「如果有來生，你是否還願如此狼狽？」

掌心攢緊又鬆開，握刀的老繭不知何時起，漸漸被划船握槳的新繭取代了。一個小小的改變，帶來大大的希望。

蘇千里看了看那張熟睡的臉龐，沒想太多，「來生，我不想再沾上罪惡，但如果要如此卑鄙地活著才能與他相遇，我還是會毅然決然重複這種日子。」

「不後悔？」

「心甘情願。」蘇千里笑。

「人生也和大河沒兩樣，有平靜無波的水段，也有暗流漩渦，如一場大冒險。祝福你們！」

畫眉和夜鷺飛過天邊。

魚兒游到水面一口吞掉榕果。

蝴蝶追逐蝴蝶。

小灰醒了，臉頰如蘋果般透紅。那瞬間腦子閃過好多畫面，純的歪的都有。例如沉淪在每場性事中的他、哭得上氣不接下氣的他、在青草坡上奔跑的他、終於能在外人面前安心睡著的他……

逝水流年，人間哀樂，生命刻下的窩囊與強韌。

渡了這河，就是一次新生。

後記
我的雜質我的光

你們好嗎？

對我而言，這算是一個完結又永遠不會結束的故事。

這個故事在二〇二二年六月誕生，正好是我滿低潮的時候，感覺我的面前有一堵牆，不知道自己能往哪走。

我每天縮在百貨公司地下一樓的美食街，霸占充電座，寫到晚上十點多。到了我平常的下班時間，再收拾行囊回家。每天都吹冷氣吹到頭昏眼花。

寫這個故事算是幫我紓解壓力，我拚命地丟一些東西進去，過濾我的雜質，讓他們帶往遠方，謝謝千里和灰呀。

他們想去的遠方，其實是我的嚮往，我想逃到那樣的地方。電台滋滋聲響，播的是異國舞曲。白晝、黑夜，我在車裡從早看到晚，噢！然後拿起相機試著拍星軌。如果遇到旅人，我能分他一口湯，彼此分享一個故事。

那時候，我會說什麼故事呢？不知道，我的人生其實很平凡，沒有大起大落、大悲大喜。我可能會說，我最近親自體驗種田的樂趣了！還採收了青椒和番茄！學到怎麼修剪枯枝、怎麼鋪乾稻草保溼。這些小小的快樂在和人談起時，會突然放大成幾百倍，好神奇。

八月修稿時正好遇上柬埔寨事件，網路和電視新聞上好多資訊，或眞或假，讓我深深感受到，原來黑暗離我們這麼近、原來有很多見不著光的底層黑暗。我突然覺得自己太草率，那些殘忍而眞實的事件正在發生，我可以這麼輕易地寫人口販賣題材嗎？

千里想說的或許也是我想說的，誰來借我一雙慈悲的眼。

千里的心是偏頗的，我的心也是。

於是，在二〇二三年修稿時，我決定更愼重地處理此題材。新版不知道有沒有更好，至少是我經過沉澱後的結果。我想呈現殘忍，也想呈現慈悲；我想靠近那些形形色色的人，抓住他們靈魂的顏色，也想狠狠地踹世界一腳，再抱它一下。

能寫完這個故事很開心，我想寫的都寫了，千里和灰的靈魂融在一塊。寫春天、寫狗血悲情、寫貧富對立、寫一個不好也不壞的時代、寫我對社會的控訴與期待、寫一場沒有盡頭的旅行、寫美麗大地、寫一段狂野的愛。

我不懂愛。但寫完故事時，我有一種盲目的自信，覺得這就是愛。

我想這個故事也是我的心境到過某些階段的證明。我沒有宏觀的眼，只有一點對生活的怨念和深情。我渴望光，所以爲自己創造了光，希望看完故事的人，都能感受到裡頭的一絲絲光明與希冀！哪怕只有一瞬間，已足以照亮晦暗的小房間。

最後，謝謝我的編輯們，我是個拖延鬼，謝謝大家願意等我、包容我、給我支持。

謝謝我的家人，我想和你們一起去遠方，峻嶺、海灣或花海都好，我從來不是一個貼心的人，你們卻始終給我好幾倍的愛與陪伴。

謝謝當初看見這個故事的評審，你們的肯定對我而言意義非凡。謝謝所有閱讀過的人，謝謝你們給的回饋和鼓勵呀，你們的字句都可以讓我快樂好久好久，感覺自己的聲音被好好地聽見了，沒有你們我也不會有動力寫完故事！

謝謝J，希望妳能在知道世界的蒼涼之後，仍對它抱持小小期待。謝謝所有不安與寧和，謝謝我心中的天使與惡魔，謝謝所有情緒，謝謝堅持寫完的自己。

所有佇足都是旅程中的一部分，十分珍惜地收下這些養分！很高興在途中遇見你們！

希望我生在的這個時代永遠安泰、永遠和平、永遠有愛、永遠自由。而自由建立在相互尊重與理解之上，不該被剝奪，也不該被濫用，更不該淪爲虛無的口號。

先說到這，其他想說的，我想都融合在故事裡了。晚安，好夢。

我會努力變得更好，遠方見！

二〇二三年四月，Vivi

城邦原創 耽美小說線上看

—— 歡迎掃描QR code，開始線上閱讀 ——

主廚的菜單

程雪森 著

為愛鼓掌啪啪啪

程雪森 著

一個價值連城的小忙

白狐 著

暗夜流光

林落 著

今天你喜歡上我了嗎?

林落 著

迷蝶香

依讀 著

染上你的顏色

依讀 著

常明醫院

今天下小雨 著

男神成了我的小三

草草泥 著

喜歡你的人生嗎?

白狐 著

國家圖書館出版品預行編目資料

灰鼠 / Vivi著. -- 初版. -- 臺北市 ： 城邦原創股份有限公司出版：英屬蓋曼群島商家庭傳媒股份有限公司城邦分公司發行, 2023.05
面；公分. --

ISBN 978-626-7217-42-9（平裝）

863.57　　112006578

灰鼠

作　　者／Vivi　　行銷業務／林政杰
責任編輯／鄭啟樺、黃韻璇　　版　　權／李婷雯

副總經理／陳靜芬
總 經 理／黃淑貞
發 行 人／何飛鵬
法律顧問／元禾法律事務所　王子文律師
出　　版／城邦原創股份有限公司
台北市中山區民生東路二段 141 號 6 樓
電話：(02) 2509-5506　傳真：(02) 2500-1933
email：service@popo.tw
發　　行／英屬蓋曼群島商家庭傳媒股份有限公司城邦分公司
聯絡地址：台北市中山區民生東路二段 141 號 11 樓
書虫客服服務專線：(02) 25007718．(02) 25007719
24小時傳真服務：(02) 25001990．(02) 25001991
服務時間：週一至週五09:30-12:00．13:30-17:00
郵撥帳號：19863813　戶名：書虫股份有限公司
讀者服務信箱 email：service@readingclub.com.tw
城邦讀書花園網址：www.cite.com.tw
香港發行所／城邦（香港）出版集團有限公司
地址：香港灣仔駱克道 193 號東超商業中心 1 樓
email：hkcite@biznetvigator.com
電話：(852) 25086231　傳真：(852) 25789337
馬新發行所／城邦（馬新）出版集團 Cité(M)Sdn. Bhd.
41, Jalan Radin Anum, Bandar Baru Sri Petaling,
57000 Kuala Lumpur, Malaysia.
電話：(603) 90563833　傳真：(603) 90576622
email：services@cite.my

封面插畫／月見斐夜
封面設計／也津設計
電腦排版／游淑萍
印　　刷／漾格科技股份有限公司
經 銷 商／聯合發行股份有限公司
電話：(02)2917-8022　傳真：(02)2911-0053

■ 2023 年5月初版　　Printed in Taiwan

定價 / 330元

ISBN　978-626-7217-42-9